マイクロバス

小野正嗣

新潮社

目次

人魚の唄　5
マイクロバス　115

装幀　新潮社装幀室

マイクロバス

人魚の唄

社会福祉協議会の建物を出たところで、アサコ姉《ねえ》の軽自動車が駐車場に入ってくるのが見えた。

「おはよう」とセツコは運転席から出てきたアサコ姉に声をかけた。

「あ、セッチャン。おはよう」とアサコ姉がドアを勢いよく閉めながら答えた。「暑くなりそうじゃな、きょうは」

と言いながら、アサコ姉は顔をしかめた。化粧をあまりしないアサコ姉の顔の上に、ふくらみはじめた熱気が濃密なクリームとなってまとわりついた。

「夕方に一雨来るって言ってたけど」とセツコが目を細めて、雲ひとつない空を見上げた。

「来るかなあ？」とアサコ姉もまた空を見上げた。青い空はあまりに滑らかで、ずっと見つめていたら、頭のなかによぎる思いが雲の代わりにそのまま描き出されてしまいそうだった。実際、そこにセツコの気持ちが読めたのか、アサコ姉はセツコのほうを向いて訊いた。「これからナオコ婆《ばあ》のところ？　九時半からだったよな」

「うん」とセツコはうなずいた。「代わってくれて、ありがとう。でも、よかったのかなあ？」

その日のナオコ婆の担当は本来ならアサコ姉だった。しかしナオコ婆の気持ちをよく知るアサコ姉はその当番をセツコに譲ってくれたのだった。

「大丈夫、大丈夫。主任にもちゃんと電話して言ってあるから。了承済み」と言ってアサコ姉は笑った。光に濡れた顔がうれしそうに輝いた。「ナオコ婆が喜ぶのがいちばんだから」

「じゃ、行ってきます」

「行ってらっしゃい」

＊

住民の四分の一近くが六十五歳以上の高齢者だというのに、この海辺の小さな町には、社会福祉協議会を除けば民間の老人介護事業者がひとつしかない。その社会福祉協議会にしても登録されているヘルパーは全員で十五人足らずだった。しかも利用者とヘルパーの大半が、介護という関係以前に、親戚づきあいや近所づきあいなどで、多かれ少なかれ前々からたがいに顔見知りの関係だったから、利用者のほうから、ぜひこの人を「訪問」に入れてくれ、とお気に入りのヘルパーを指定してくる電話が社協にはよくかかってきた。もちろん利用者に満足してもらうことが大前提だけれど、だからといって主任ヘルパーの松田さんは要望どおりにヘルパーのシフトを組むわけにはいかなかった。そんなことをすれば、アサコ姉以外の多くのヘルパーが暇をもて余すことになってしまう。

　終戦の年、母親のおなかのなかにいたときに父親を亡くしたアサコ姉には、二十はくだらぬ母方父方双方の親戚の家を転々としながら、いわば地域の子供として育ったようなところがあった。いま、ヘルパーとしてアサコ姉が世話をする老人たちは、実の叔父叔母、あるいは実の兄姉のように、父無し子となったアサコ姉をかわいがってくれた人たちばかりだった。嫁には遠慮やわだかまりがあって言えないこと、頼めないことを、アサコ姉には心を開いて話す老人は多かった。しかしだからといって、アサコ姉が他家の問題にくちばしを突っ込んだりするようなことはなかった。幼い自分の手を引いてくれたり、おぶってくれたり、あるいは肩車してくれたりした年長者たちに負うてきた恩を少しでも返したい。その一念で働いているだけだったし、それは老人たちの満足でやわらかく細められた目元と口元を見れば、誰が何と言わなくとも、家の者にはよく伝わった。やっぱりアサコ姉でなければ、とアサコ姉の人気は群を抜いていた。

　アサコ姉とは歳もいっしょで、はとこになるセツコもまた父親を戦争で亡くし、アサコ姉と同様に父親の顔を知らない。しかしセツコの場合は、母親が兄だけ連れて他家に嫁いだあと、祖父母を親代わりに、父の生家でずっと育ったので、アサコ姉ほど地域の人たちみんなをよく知っているわけではなかった。気はそれなりにきくし、年寄りが好むような料理もうまかった。利用者から苦情が寄せられるようなことは一度もなかったけれど、そつがなさ過ぎて魅力に欠けるということもある。セツコの篤実なサービスが人気としていまひとつ花も実も結ぶことがなかったのは、セツコに悪い噂があったせいかもしれない。それは根も葉もなければ、セツコのひたむきな介護ぶりともまったく関係のないものだったが、そのせいでセツコに近寄ろうとしない老人がいたのもまた確かだ。ぜひセツコさんをお願いします、と言ってくるのはナオコ婆くらいのものだった。

＊

ナオコ婆こと、河上尚后《なおこ》はもともとこの海辺の土地の人間ではなかった。本人は訊かれれば、戦争が始まる前に代用教員として働くためにこの土地に来たのだ、と答えただろう。ひょっとすると戦争中にはほんとうに教鞭をとったことがあるのかもしれない。

しかしセツコとアサコ姉の記憶にある限りでは、ナオコ婆は二人の通った小学校の用務員だった。この色白で目の大きな用務員さんの姿が用務員室にないときには図書室に行けばよかった。ナオコさんは手が空いているときはいつもそこで本を読んでいたからだ。

子供たちにせがまれれば、読みかけの本を伏せて、童話や絵本を読んできかせてくれた。ナオコさんにはこの土地の訛りがなかったので、子供たちはとりわけ外国の物語を読んでもらいたがった。裏山から図書室に吹き込んでくる心地よいそよ風のようなナオコさんの声に運ばれてくる物語を聞きながら、子供たちはいつしか好奇心の舳先をゆるやかな眠気の波に乗せられ、遠くへと運ばれていった。目を開けると、それまで非現実的なものでしかなかった物語世界の岸辺に打ち上げられていた。子供たちはうっとりとして、ある者は開け放たれた図書室の窓から見える湾の彼方に、ある者は瞼の裏側に、尽きることを知らない大海原を思い描くのだった。

用務員のナオコさんは本を読んでくれるだけではなかった。歌も上手だった。子供たちが聞いたことがないような歌をたくさん知っていた。当時、海辺の小さな小学校にはまだ音楽を専門とする教師はいなかった。ナオコさんのおかげで、セツコとアサコ姉は『魔王』や『ます』を知った。これは二人だけでなく子供たちすべてにとって大きな驚きだった。フランツ・シューベルトという作曲者の名前を教えてくれながら、ナオコさんは大きな目を伏せて言った。「かわいそうにこの人はずいぶん若くして亡くなったのよ」。風もないのにナオコさんの長いまつげが震えていた。そのまつげの上で透明な羽根を持った美しい蝶が不安そうに羽根を揺らしているのが子供たちには見えたような気がした。ナオコさんの憂い顔に、子供たちはいまにも泣き出しそうな顔で、その人はいったいいくつで死んだのかと尋ねた。「三十一歳で亡くなったのよ。かわいそうに」。しかしまだ七歳かそこらの子供たちには、三十一歳で終わった生涯というものがどれだけ短いものなのかが、そのシューベルトという人の顔や生活と同じくらいぴんと来なかったし、「魔王」のように姿形を想像することもできない「戦争」というものに連れ去られてしまった自分たちの父親の多くが、そのシューベルトよりもずっと若くして命を落としていることにも気づいていなかった。

この『魔王』と『ます』は、セツコとアサコ姉の好奇心をひどくかき立てた。わからないことだらけだった。しかし運のいいことに、二人にはチョウ爺がいた。セツコの育ての親であり、アサコ姉の祖父の兄でもあるチョウ爺は戦前はイサキを釣るためにしょっちゅう朝鮮半島沿岸にまで行っていた人だった。しかもチョウ爺の叔父さんには海軍兵学校を優秀な成績で卒業し、帝国海軍で大佐にまでなった人がいた。チョウ爺より五つほど年上で、チョウ爺にとっては兄弟も同然だったその人は戦争が始まるだいぶ前に病気で亡くなっていたけれど、駐在武官としてヨーロッパに住んだことがあった。そのおかげでチョウ爺は「腕がいちばんいい」だけでなく、「世界を知っている」漁師だとみんなから言われていた。そのチョウ爺ならば、子供をさらおうとする「魔王」というのがどんな怪物なのか知っているはずだとセツコもアサコ姉も考えた。イカ釣り用の疑似餌をこしらえていたチョウ爺はうんうんとうなずきながら手は休めることなく二人の話に耳を傾けた。それから、手を止め、口にくわえていたキセルをひとつ吹かすと、「そりゃ憲兵みたいなもんじゃの」と言って、すだれのように目を覆う白い眉毛をしかめて見せた。それだけで十分だった。戦争中、長崎の炭坑から逃げた朝鮮人労務者を追いかけてこの海辺の小さな土地にまでやって来たおそろしい憲兵たちのことは、町の人々の記憶にいまも鮮明に刻みつけられていたからだ。

セツコもアサコ姉もそのせいでほんとうに訊きたかった質問をチョウ爺に向かって問いかけることができなかった。そしてそれは二人だけでなく、ナオコさんの歌う『魔王』を聞いた子供たちのうちで二人と同じ境遇の子供たちすべての心をよぎった問いでもあった。

もしもわたしたちのお父さんが生きていたら、やっぱりあの歌に出てくる「お父さん」と同じようにわたしたちをあたたかい腕のなかにしっかりと抱きしめてくれるだろうか……もちろん、それは絶対にそうだ。でもそれだけじゃない。あの歌の「お父さん」とはちがって、わたしたちのお父さんはわたしたちの命を守るために魔王と戦ってくれるはずだ……だから……お父さんは死んでしまったのだろうか？　お父さんはわたしたちの代わりになって魔王に連れ去られてしまったのだろうか？　でも、でも、わたしたちのお父さんがそんなに弱いはずがない！　立派な兵隊さんとして死んだお父さんがもしも生きていたら、歌の「お父さん」とはちがって、おそろしい魔王をこらしめてくれるはずではないか？

　セツコもアサコ姉もそうチョウ爺に尋ねてみることはできなかった。死んだお父さんの話をすると、チョウ爺のキセルを吹かす吐息が重苦しいため息になり、眉毛の白いすだれに隠れた茶色い目が濡れるのを孫娘は知っていたからだ。それはアサコ姉も同じだった。よその家を行ったり来たりのアサコ姉は、行く先々で、死んだ息子の位牌の置かれた仏壇の前で一言も発することなく何時間も座ったままの老夫婦や夫の遺影の前で涙を流す女たちの姿を見てきていたからだ。

　しかしもうひとつの質問なら、チョウ爺を困らせることはないはずだった。そしてそれはほかならぬ「いちばん腕のいい」漁師のチョウ爺なら絶対に答えられるはずのものだった。ナオコさんの歌を聞く子供たちには凪いだ湾の上で太陽の光が水と戯れながら弾けるのが見えた。ところが、そのさんざめく光と水といっしょに、まるで自然の命そのものの流れとして躍動しているはずの「ます」という魚の姿をどうしても思い浮かべることができなかった。そもそも集落には清い水の流れる川などなかった。川といえば、家々のあいだのドブ川だけだった。日頃はどんよりと停滞したこの濁った汚水が流れるのは、梅雨どきや時化のときくらいのものだった。そんなところにはのぼせたみたいに泡を吹く真っ赤なカニやドブ川の汚れを熱い湯で流しに風呂場まで入ってくるフナムシはいても魚などいなかった。セツコもアサコ姉もチョウ爺の答えを期待した。なにせ魚を釣るために、遠く朝鮮半島の海岸に小屋掛けしていたくらいの人なのだ。

「ます？」とチョウ爺はくわえていたキセルを口から外して言った。「誰がそんなことをおまえたちに教えたんじゃ？」

チョウ爺の声の調子から二人は少し心配になった。歌から受ける印象とはちがって何やらとんでもない怪魚のようではないか。

「誰から聞いたんじゃ？」

「用務員のナオコさん。ナオコさんが歌ってくれる歌に出てくる魚」と二人は正直に答えた。

すだれ眉の下にある瞳は見えなかったけれど、チョウ爺の顔がこわばるのが二人にはわかった。セツコが用務員のナオコさんの話をするたびに、祖父の表情が曇ることにセツコは気がついていた。

「ちゅうことは、そりゃ外国の歌かの」と自分自身に問いかけるようにチョウ爺はうなずいた。すると合点が行ったのか、大きく何度も首を縦に揺らした。「ちゅうことは、そりゃ外国の魚じゃの」

「どんな魚？」と二人は尋ねた。

「外国の魚と言うたじゃろ。じゃから、こんなぬくいところの海にはおらん」

「でも、どんな魚？　外国の魚だったら日本の魚とはちがう？」

「ここにおらん魚の話をしても仕方ねえじゃろう。捕まえて食べるわけにもいかんしの。おらん魚は、いくらじいちゃんが魚釣りの名人でもよう捕まえん」

「なあ、どんな魚？」と二人は食い下がった。

「魚は魚じゃ。外国人じゃろうが日本人じゃろうが、人間は人間じゃろうが？」

「うん」と二人は仲良くいっしょにうなずいた。

「それといっしょじゃ。魚は魚じゃ」

「魚は魚。人間は人間」と二人は声に出してくり返してみた。

セツコとアサコ姉は何だか釈然としなかったが、だからといってチョウ爺の答えが的外れだと断言できるだけの自信はなかった。なにせ「いちばん腕のいい」漁師が言うことなのだから。しかし外国人であろうが日本人であろうが、同じ人間だと言うのなら、どうして日本は外国と戦争をしたのか？　二人は今度ばかりは黙っていられなくてチョウ爺に訊いた。すると、四人いた息子のうちの三人を戦争で亡くしていたチョウ爺はまるで体のどこかが急に激しく痛んだかのように顔をしかめて押し黙った。それからバケツに漬けられた貝がこらえきれなくなって砂を吐き出すように、白い煙をふーっと口から出した。

「じいちゃんは魚のことならわかっても、人間のこととなるとようわからん……」

＊

アサコ姉とセツコが住む集落から南にトンネルを抜けて左に折れると目の前に海岸が広がる。この海岸に面した小さな集落のはずれにある大きな一軒家にナオコ婆はひとりで暮らしていた。全長およそ一キロにおよぶ天然の砂浜海岸には、夏になると県内はもとより県外からも海水浴客が訪れた。砂の目が細かく、汚れの少ないこの海岸は、例年ウミガメが産卵に来ることで知られていた。その時期になると、子供に自然の不思議を見せてやろうとする親子連れやアマチュアカメラマンたちがウミガメ目当てに集まり、周辺の民宿はにぎわった。

そろそろ海開きの時期だった。泳ぐには水温はまだ低かったが、南からの風が耕しはじめた波の上には、サーフボードが忙しく這い回り、ウィンドサーフィンの帆が次々と生えていった。地元の商店主たちが海の家を改修する大工仕事の音が、切り立った山の斜面に跳ね返り、ぬくもりはじめた砂浜の上に鈍重な痺れをひっきりなしに打ちつけていた。しかし、まるで金属でできた小鳥の群れが鳴きわめいているような工事の音は水平線に届く前に、真向かいから透明な波となって押し寄せてくる南風に呑み込まれてかき消された。波の音と風の音の向こう側には、重たい沈黙を練り込んだ濃紺の海がどこまでも遠く広がっていた。

ナオコ婆の家の門のところには大きなソテツが植えられていた。庭にソテツがあると験《げん》が悪い。金が逃げて、不幸がやって来るから、このソテツを植えかえたほうがいい、と近所の人たちは言った。なんだったらみんなで手伝ってやる、と。しかし、ナオコ婆は「もうそんな必要もありませんから」とその申し出を断った。そんなのは迷信だ、と信じていなかったからではない。もう遅すぎたのだ。

ナオコ婆の息子のケンイチロウは、養父がはじめた真珠の養殖をハマチ養殖へと切り替えてから、五年もたたないうちに倒産させてしまった。ケンイチロウは怠惰な男だった。ハマチの餌やりを朝のうちに終えると、昼から焼酎を食らい、隣の市にパチンコに出かけ、そのまま夜はスナックに入りびたる生活だった。不注意から、ハマチの餌を作るクラッシャーという機械で二回も指を落としていた。しかし指が二本減ろうが三本減ろうが、焼酎のグラスやカラオケのマイクを握るのにも、女の乳や尻をいじるのにも何の支障もなかった。いや、むしろ喜ぶおなごもおる、と本人はうそぶいていたものだ。そんなケンイチロウに妻のスズエは愛想をつかし、一人娘のナツコを連れて家を出た。

ケンイチロウは中学を出てからほんのわずかではあったが、隧道《ずいどう》工事の出稼ぎに出たことがあった。そのつてを利用して、塵肺患者になろうと画策した。肺を汚そうと煙草を一日に五箱も六箱も吸い、足繁く認定医のところに朝早くから通った。もらった薬袋のほうは、病院からの帰りに県道沿いのパチンコ店に必ず立ち寄る病人とはちがって、どこにも寄り道することなくまっすぐゴミ箱に向かうことになった。いずれにしても病院への日参の甲斐あってケンイチロウは労災認定を受けることに成功した。

しかし母親といっしょに隣市に住んでいたナツコにもそんな父親の悪い風評は届いていたのだろう。ナツコは父親の住むこの町に決して近づこうとしなかった。そのナツコが、十数年ぶりに父親の顔を見たのは、ケンイチロウの葬儀のときだった。もともと隧道掘りの出稼ぎの多いこの地区には、塵肺患者がたくさんいた。その多くがケンイチロウと似たり寄ったりの経緯を経て、塵肺になった者たちだった。不正な労災認定を調べるために、労働基準局から調査の電話が頻繁に関係者のもとにかかってくるようになった。実際、何人かの患者の資格が取り消されたという噂が流れはじめた。ケンイチロウらが通っていた医者が認定医の資格を取り消されるという噂もあった。それを苦にしたのか、ある日突然ケンイチロウは姿を消した。山のなかで死んでいるのが発見されたが、死因が自殺だったことは遺体を見つけた消防団員も駐在所の警官もナオコ婆には言わなかった。

　葬儀の後かたづけも終わらないうちに、ナツコはそそくさとナオコ婆の家をあとにした。ナツコは祖母のことはまったくと言っていいほど覚えていなかったし、祖母の顔を見るたびに母親が祖母のことを語るときの奥歯にものの挟まったような口振りを思い出して、どうしても自然に振る舞うことができなかったのだ。

　家はナオコ婆がひとりで住むには大きかった。真夜中に目を覚ますと、海岸に打ち寄せる波音だけががらんとした家のなかを満たしていた。波の舌先が枕を濡らしているかのような錯覚を覚えた。海がもうそこまで迎えに来ていた。もうすぐだった。

　だから何も変わりはないのだ。いまさらソテツを取り除いたところで、何も変わりはしないのだ。

＊

先を争って逃げまどう人々のように押し寄せてくるソテツの大きな葉を片手で押しのけながら、セツコは門をくぐった。

「おはようございまーす。セツコでーす。入りますよ」と大きな声をかけ、返事を待たずに、セツコは玄関の引き戸に手をかける。鍵はかかっていない。ただ立て付けが悪いので、扉はガタガタと鳴り、セツコはまるで無理矢理侵入しているような気分になる。

いつものようにナオコ婆は仏壇の間でもある寝室に置かれたベッドに寝ていた。部屋のなかは暗かった。ナオコ婆はカーテンの閉じられた窓に背を向け、体を丸めるようにして横になっていた。小蠅が耳元ではばたくようなかすかな低い音が鳴っていた。ナオコ婆の鼻からは透明なチューブが伸びていた。そのチューブはベッドの脇のほぼ直方体の形をした機械につながっていた。在宅酸素療法用の酸素濃縮装置だった。静かだけれど沈黙の底辺を蝕むような音はここから漏れ聞こえてくるのだった。

「おはよう、ナオコさん」とセツコは声をかけた。うん、とナオコ婆の短く刈った白髪頭がかすかに揺れるのが見えた。

「きょうはいい天気ですからねえ。光を入れましょうね」とセツコはカーテンに手をかけた。「風も入ってくるし、気持ちいいですよ」

「だめよ！」とナオコ婆が声を上げた。「そのままにしておいて。このままでいいの。海のなかはもっと暗いから……」

「あ、わかりました。そうしますね」とセツコはすぐにカーテンから手を離した。「だけど、窓は開けてもいいですか？　海の水はすごく冷たい、って言ってたでしょ？　風を入れてここも海のように冷たくしましょう」

ナオコ婆は、わかった、というように小さく首を動かした。セツコは窓を開けた。その瞬間に力強い風が吹き込み、白い壁の上にカーテンの影が海の底のひんやりとした静けさに腕を絡ませて踊る海藻のようにゆうらゆうら揺れた。

ナオコ婆は足の自由がだいぶきかなくなってきていたけれど、寝たきりというわけではなかった。一日三度、自分でチューブを使って尿を取るので失禁することもなかった。ただ毎日自分で食事を作るのは負担になってきていたし、自力では風呂に入ることができなかった。

ナオコ婆は食の細い人で、そのことがわかるまでは自分の料理のせいではないかとセツコはひどく心配した。若いヘルパーたちとはちがって、セツコは努めてお年寄りの口に合うような和食中心の献立を作るようにしていたけれど、それでもナオコ婆の口に合わないということもあるかもしれないではないか。

そういえば用務員のナオコさんはどことなく影の薄い人だった。子供たちにせがまれると、自分が読んでいる本をすぐに脇に置いて、童話を読んでくれたり物語を話し聞かせてくれた。たくさん歌も歌ってくれた。ナオコさんはセツコとアサコ姉が四年生になったときに用務員の仕事をやめたが、そのあとにやって来た用務員さんのように決して自分を「先生」と呼ばせたりはしなかった。みんなが「ナオコさん」とごく自然に呼んだ。昔からそんなふうに控え目なナオコ婆だから、言いたいことがあってもセツコのことを慮って我慢しているのかもしれなかった。

しかしここのところ、ナオコ婆のその薄い影がますます色を失っていくようにセツコには思われた。在宅酸素療法のおかげで、肺の調子はよさそうだったし、もともと少ない食欲がとくに減ったわけでもない。ていねいな話しぶりは昔と変わらぬままだったし、笑顔から喜びの光が失われていたわけでもない。それなのにセツコはナオコ婆の存在にある種の衰弱を感じないではいられなかった。気がつくと、その衰弱の影は疲れを知らぬ狡猾な蟻の群れのように、ナオコ婆のじっと閉じられた大きな目のまわりやベッドの上で力なく丸められた背中の上でうごめいているのだ。そんなとき、酸素濃縮装置の持続する機械音のあいまにかすかな寝息をとらえるまで、セツコは身をかたくして待った。少なくなった髪がぺたりとはりついたナオコ婆のうしろ頭をいつまでも見つめていた。

「それじゃあ、お風呂の準備しますね」とナオコ婆に声をかけて、セツコは浴室へ向かった。

＊

あれは前の年の暮れのころだっただろうか。セツコの作った大根とイカの煮物を箸でちょっとつついたあとは食べようとしないナオコ婆に思い切ってセツコは訊いてみた。

「ナオコさん。おいしくない？　大根とイカの煮物好きだったでしょう？　このイカだけど、新しいし、全然かたくないのよ。大根だってやわらかく炊けているし」

ナオコ婆は顔が痩せているだけにますます大きく見える目を見開いて、しばらくのあいだセツコを見つめていた。ナオコ婆は、顔も首筋も箸を持つ手も、こんな日差しの強い土地に六十年近く住んでいて日焼けもしないのか、おしろいでもはたいたように白かった。それがいま、血の気がひくように青ざめていくのがわかった。

「ずっとあなたには黙っていたのだけれど……」

セツコの体はこわばった。まさかナオコ婆のほうから言い出してくるとは思ってもいなかったからだ。たしかにセツコもずっとナオコ婆には言わずに心に秘めている言葉があった。機会があれば、それを口にしたいと思っていた。しかしいつどのようにして切り出せばいいのか、セツコにはわからなかった。言ったところで何かが変わるわけでもない。そのことはセツコもよく承知しているつもりではいた。

息子のケンイチロウの死後、ナオコ婆は家に閉じこもりがちになった。思えば、そのころから変化が現われていたのだ。ケンイチロウの仏前に線香をあげに来た人たちはみな驚いた。そうした客に向かって、ナオコ婆は「ヨイチさんのために、わざわざありがとうございます」と言って、正座したまま両手をつき、深々と頭を下げた。ヨイチというのはケンイチロウの養父だった。八歳になるケンイチロウを連れて、ナオコ婆は二十近く歳の離れたこの漁師のところに嫁いだのだった。そのヨイチは、義理の息子になるケンイチロウがハマチ養殖の失敗でこしらえた借金を苦にしながら、七十五歳のときに胃ガンで死んだ。

客がケンイチロウのことに話を振ると、「ずっとハマチの稚魚引きに出て、まだ帰りませんの」と言って、ナオコ婆はほほえんだ。ナオコ婆はぼけてきたのではないかとまわりの者は心配した。ナオコ婆の過去を多少なりとも知る年寄りの一人が、悪気からではないけれど、ナオコ婆を試そうと、「チョウザブロウさんはどうしてますかな？」と戦死したナオコ婆の最初の夫の名前を出して尋ねた。

　すると、ナオコ婆は大きな目いっぱいに涙を浮かべて嗚咽を押し殺した。「ああ、悪いことをきいてしもうたのお」と狼狽して謝るその年寄りに、「かわいそうに。あの人は、海の底をずっとさまよっているんです。真っ暗闇のなかをたったひとりっきりで。かわいそうに。ああ、でもわたしはどうしたらいいんでしょう？　助けに行ってあげないと……でもどうしたら？」とナオコ婆はすがるような声で問いかけたのだ。

　そんなことを知っていたので、セツコは心に秘めた言葉を口にしてナオコ婆を混乱させるようなことをしたくないと思ったのだ。親友で、はとこのアサコ姉に相談すると、町の老人という老人を知るアサコ姉もまだいまは言わないほうがいいだろう、と返事をしたのだった。その「いま」が「永遠」になっても仕方ないとセツコ自身は覚悟していた。だから、「ずっとあなたには黙っていたのだけれど……」とナオコ婆が唐突に口を開いたとき、セツコには心の準備がまったくできていなかったのだ。

　しかしナオコ婆の言葉はセツコが予想もしていなかったものだった。

「あなたには黙っていたけれど、ほんとうはわたし人魚なの」とナオコ婆が大きな瞳を輝かせながら言った。長いまつげからふわりと舞い上がった蝶が、その澄み渡った瞳の上に透明な羽根を映しながら踊っていた。

「え？」とセツコは耳を疑った。

「わたしは人魚なの」とナオコ婆はもう一度はっきりと言った。

「人魚って、あの人魚ですか？　海に住んでるあの人魚ですか？」

「そうなの」と言ってナオコ婆はためらいがちに目を伏せた。

「はあ」と息を吐き出しながら、セツコはうなずいた。肩すかしにあったように全身から力が抜けた。

「驚いたかしら？」とナオコ婆は目を上げて、心配そうにセツコの顔を覗き込んだ。

「それは驚くわよねえ。ごめんなさいね」

「そりゃ、びっくりしなかったって言ったらうそになりますけど……」

動揺を感じとられ、ナオコ婆を不安な気持ちにしてはいけない。何か言わなければとセツコは焦った。そのとき、セツコは不意に思い出した。

「そういえば、ナオコさん、学校でわたしたちに『人魚姫』の話もしてくれましたよねえ」

ナオコ婆の顔のまわりで舞っていた蝶の羽根から白い光の鱗粉が飛び散り、ナオコ婆の顔がぱっと嬉しそうに輝いた。

「あら、セツコさん、よく覚えていてくれたわね。そうよ、わたしはあの『人魚姫』に出てくるのと同じ人魚なのよ」

「アンデルセン童話ですよね」

「そうね。でも、あれはわたしの物語でもあるのよ」

「そうかあ」とセツコは懐かしい思いにとらえられた。「だからナオコさん、あんなに歌が上手なのね。むかし、ナオコさんが話して聞かせてくれたとき、おとぎ噺って感じが全然しなかったんです。目の前に海の底の様子がありありと浮かんでくるようだったから。わたしもアサコ姉といっしょに人魚を見に海の底に行こうって大計画を立てたことがあるんですよ」

「あら、そうだったの」とナオコ婆はにっこりと笑った。「それで人魚には会えたのかしら？」

　セツコは視線を落として黙り込んだ。ほとんど手のつけられていない煮物の入ったお皿を見つめた。セツコは顔を上げた。口元に悲しそうな笑みを浮かべて首を横に振った。そうやって、意識の暗い奥底から水泡のように浮かび上がってくるものに手を伸ばそうとする自分を押しとどめた。触れたら、ぱちんと壊れてしまうかもしれないから、と。

「よく覚えていないんです。そのとき、わたし、溺れそうになっちゃって……会ったかもしれないんですけど、思い出せないんです」

「そう、残念ね」とナオコ婆は大きな目を伏せてさびしそうに言った。舞い疲れた蝶はナオコ婆の長いまつげの上でその大きな二枚の羽根を休めていた。

セツコはナオコ婆を安心させようとほほえんだ。

「でも声は聞こえたんですよ。それだけは覚えてます。でも、意識が朦朧としてたから、結局、それも夢だったのかもしれないんですけど……」とセツコは少しだけうそをついた。

「夢のなかででも会えたのなら、よかったわよね、セツコさん」

そう言いながら、ナオコ婆は何度かまばたきした。光の粉がきらめきながらその目のまわりで舞っていた。まるで小さな子供の頭を撫でるようなやさしいまばたきだった。

「夢のなかだけじゃないですよ」とセツコは言って、さらににっこり笑った。「いまこうしてわたしの目の前に本物の人魚さんがいますから」

「ふふふ」とナオコ婆は恥ずかしそうに笑った。

「でも、ナオコさん。いくらナオコさんが人魚だったとしても、しっかりご飯は食べないと。ナオコさん、どうして食べたくないの？　どこか具合でも悪いんですか？」

ナオコ婆はそっと目を閉じて黙り込んだ。それからしばらくして、秘密の打ち明け話をするように声をひそめて言った。

「海に戻る準備なのよ」

「海に戻る？」

「そうよ。だからわたし、いま準備しているところなの」

「人魚なのに、海に戻るのに準備がいるんですか？」

「あら、セツコさん、わたしのお話をちゃんと聞いていなかったのかしら？」とナオコ婆は少し悲しげに首をかしげた。「人魚姫は人間になった人魚の話だったでしょ。愛する王子様のそばにいたいという思いで、美しい歌声の代償に、人間の足を手に入れたのよね……それと同じよ。わたしもここに来るために人間になったの」

「じゃあ、もう一度人魚にならなくちゃいけないってことですか？」

「そう。でもなかなか簡単には人魚に戻れないのよ。だって、いままでもう何十年も人間だったでしょ。だから戻るのも大変なのよ。セツコさんはご存知？　人魚って海のなかでほとんど何も食べないのよ。それが、わたし、ずっと地上のものを食べてきたでしょ。これ以上食べてたら、海に戻ることができなくなってしまうわ」とナオコ婆は悲しそうに首を振った。

「あら？　そんなこと『人魚姫』には書いてありましたっけ……？」とセツコは思わず訊いていた。

「書いてなくてもそうなのよ。だって、わたしはわかっているんだから。人魚のわたしが言うんだからほんとうよ」とまるで母親が子供を安心させるような口調でナオコ婆はセツコに言った。

ナオコ婆が考えているのとはちがって、セツコは幼いころにナオコ婆から聞いた『人魚姫』の物語をちゃんと覚えていた。とくにその悲しい結末を忘れることはできなかった。

人魚姫は愛する王子のそばにいたいがために美しい声とひきかえに人間の姿を手に入れる。しかし王子はこの一言も発することのできない美しい少女が嵐の海から自分を救い出し、浜辺まで運んでくれた人魚だということに気がつかない。それどころか、王子は浜辺に死体のように横たわる自分を発見してくれた森の神殿の巫女こそ自分の命の恩人だと信じているのだ。あるとき、王子は国王と王妃の言いつけで気乗りしないまま隣国の王女と会うことになる。ところが、その王女こそ王子を浜辺で見つけた巫女だったのだ。王子は歓喜する。ただちに王女との結婚を決め、彼を誰よりも愛している人魚姫に向かってこう言うのだ。「夢にも思っていなかったことが叶ったよ。きみも僕の幸福を喜んでくれるよね。だって僕をほかの誰よりも愛してくれているきみだもの！」。人魚姫にはもはや彼女に人間の姿を与えてくれた魔女との約束しか残されていない。もしも愛する人が自分の両親を忘れるほど彼女だけに心を奪われ、彼女の夫となることがなければ、人魚姫はその命を失わなければならないのだ。そして愛する人が自分以外の女性と結婚する日の朝、彼女の心は砕け散り、水面に浮かぶ無数の泡となるだろう。

もちろん彼女に最後のチャンスがなかったわけではない。結婚を祝賀する舞踏会が行なわれる船上で、ひとり海を見つめる人魚姫のもとに姉の人魚たちが現われる。姉たちはその長く美しい髪を代償に魔女から一本の短剣を手に入れる。その短剣を彼女に手渡す。「これを王子の胸にぐさりと突き立てるのよ。ほとばしる熱い赤い血であなたの足は魚の尾に戻る。さあ急ぐのよ、日が昇るわ。空がだんだん赤く染まりはじめている！」。人魚姫は王子の寝室に忍び込むと、王子の美しい額にそっとやさしくキスをする。夢見る王子の口元が動くのが見える。しかし王子の口が呼んだのは人魚姫ではなく王女の名前だった。人魚姫は絶望する。これほどまでもあの王女は王子の心を占めているのか。彼女は短剣をぐっと握りしめ……振り上げ……しかし人魚姫はその短剣を真っ赤に輝きはじめた波間に投げ捨てるのだ。そして彼女は目を伏せて王子をじっと見つめたあと、さっと身をひるがえし、海に身を投じる。水に触れた彼女の体はたちまち溶け出し、無数の泡と化す……。

さんざめく水泡と化した人魚姫は、昇り初めた太陽の光を浴びながら姿の見えない空気の精となって、空高く舞い上がっていく。これから三百年かけて、人々に善行を施し続けることで不滅の魂となることができるのだ。

しかし不滅の魂になること、それがいったい救いなのだろうか？

そんな結末はナオコ婆にとっても自分にとってもちっとも救いにはならない。セツコはそう思った。ナオコ婆の言葉を借りれば、人間になって以来、つまりこの海辺の土地に来てからおよそ六十年のあいだ、ナオコ婆はもう十分な苦労をしてきたではないか。死後も人の目には見えない空気の精となってナオコ婆はセツコたちのまわりを漂っている？

『人魚姫』の最後で空気の精の一人が人魚姫にそっと言う。三百年の試練の期間は短くすることもできるのよ、と。人間の家のなかに入り込み、そこで空気の精たちを思わずほほえませてくれるようなやさしくてよい子供に出会うたびに、三百年から一年が差し引かれていくのだ。ところが空気の精たちを悲しませ涙を流させるような意地悪でいやな子供に出会うたびに、余分な一日がつけ加えられていく。

　だからナオコ婆の幸せを願うのなら、セツコはこの地上で、空気の精となったナオコ婆が見ていてほほえまずにはいられないような、やさしくてよい子供であるように日々努めればよいのだろうか？

　ちがう。そこにナオコ婆がいなかったら何の意味もない。目に見え、声をかけ、手で触れることができなかったら、セツコにとっては何の意味もないのだ。死んだあともセツコがナオコ婆のそばに行けるという保証はどこにもない。だから、こうしてそばにいるいま、ナオコ婆の喜ぶ笑顔が見たいのだ。

　恋に破れた人魚姫にはそれでも、長く美しい髪を犠牲にして彼女のために短剣を手に入れてくれた姉妹がいたけれど、ナオコ婆には誰もいなかった。それにたとえ短剣を手にしたところで、ナオコ婆にいったい誰を刺すことができるのか？　ナオコ婆の愛する人はもうこの世にはいないのだ。

「だったらイカは食べなきゃ」とセツコはナオコ婆をまっすぐに見つめて、娘がわがままな母を叱る口調で言った。「だってイカは海のものですよ」

「あら、いやだ、わたしったら。そうよね、イカは海のものよね」とナオコ婆は恥ずかしそうにほほえみ、皿に載った輪切りのイカに箸を伸ばした。

「大根にだってイカの味がたっぷりしみこんでいるから、海のものもいっしょよ、ナオコさん」とセツコはナオコ婆を促した。

　するとナオコ婆は、口に入れやすいように少し小さめに切った大根に箸を伸ばした。口に運び、そっとかじった。

「まあ、ほんとだ。この大根、イカの味がするわね。あなたの言うとおりだわ。これだったら、わたし、食べられるわ」とナオコ婆は驚いたような声を上げた。

「おいしい？」

「ええ、とっても。ありがとう、セツコさん」

そう言って、ナオコ婆は大きな瞳を夕陽を溶かし込んだ海のように輝かせてほほえんだ。その顔の上をふたたび舞いはじめた蝶がオレンジ色に照り映える羽根をうれしそうにはばたかせていた。

*

ナオコ婆の衰弱をセツコがはっきりと感じはじめたのは、この告白のあとからだった。ナオコ婆が言っていることが真実であるか否かはどうでもいいことだった。大切なのは、それがナオコ婆にとっては真実だということだ。そう思えば、すべてに納得がいった。自分がかつて人魚であり、これからふたたび人魚に戻ることを告げたあと、ナオコ婆は自分をこの地上での生につなぎとめていたあらゆる絆をゆっくりとほどきはじめたのだ。

海のなかではもう肺はいらないのだろう。歩く必要もないのかもしれない。足が萎え衰えてきているのはきっと、これまでずっと自分を大地の上で支えてくれた二本の足に別れを告げようとしているからだ。

壁に取り付けられた手すりを握って浴槽のなかに立つナオコ婆の痩せ衰えた両足を撫で

さするように洗いながら、セツコはそんなことばかり考えていた。

ナオコ婆のおしりの付け根、仙骨の部分には大きな褥瘡《じょくそう》ができていた。それはゆっくりと時間をかけて成熟し、それ自身の内なる力でぱくりと割れる果実のように膨れ上がり、口を開いた。しかしそこから流れ出たのは渇きを癒し、舌を喜ばす透きとおった果汁ではなく、じゅくじゅくと腐敗し、いやなにおいを発する濁った膿だった。セツコはアサコ姉から教えてもらったように、自宅の庭のアロエを三〇度の焼酎につけ込んだ塗り薬を作り、それを訪問のたびにていねいに患部に塗り込んだ。

アサコ姉の言ったとおりだった。すぐに膿は流れるのをやめ、直径五センチほどあった丸い褥瘡は外側から中心に向けて縮んでいった。かさぶたは盛り上がり、かちんかちんに固まった。人間の皮膚というよりは、木の表面にできる瘤状の節を思わせた。しかしかさぶたができたからといって、すぐに剝いだりしたら、まだ完治していない部分がびりっと引き裂かれ、かえって褥瘡が長引くことになる。自然に剝がれるまで根気よく待たなければならなかった。

そうやってとうとう剝がれた硬い薄片をセツコがナオコ婆に見せると、ナオコ婆はうれしそうに笑った。

「やっとうろこができたのね」とナオコ婆が言った。

「うろこ？」と驚いたセツコはナオコ婆に負けず劣らず大きな目を見開いて訊きかえした。

「そうよ。これはうろこなのよ。わかるでしょ？」と言って、ナオコ婆は指の先につまんだ桜の花びらほどのかさぶたをセツコの目の前にかざした。そのかさぶたは血を練り固めたようなどす黒い色をしていた。

「何のうろこですか？」とナオコ婆の返事はわかっていたけれど、セツコは尋ねた。

「もちろん、人魚のうろこよ。こうやってわたしは少しずつ人魚に戻っていってるのよね。もうすぐだわ」

その「もうすぐ」が何を意味するかとりちがえようはなかったけれど、セツコはちがう方向に意味をそらした。

「もうすぐ治りますよ。よかったですね」とセツコはことさらに笑顔をこしらえながら言った。

それから、頭が浴槽から出るようナオコ婆に湯のなかで膝をついて前屈みになってもらった。シャワーの水量を調整し、髪を濡らしてから、手にとったシャンプーを手際よくなじませ、目や鼻に入らないようゆっくりやさしく手を動かしながらきれいに洗い流した。

「ああ気持ちがいいわ」

洗髪を終えたあと、浴槽に立って、シャワーで全身にかけ湯をしてもらいながら、ナオコ婆は声を漏らした。流れ落ちる湯は決して衣擦れしないやさしい衣となって、ナオコ婆の体に親密にまといついていた。

「やっぱり水のなかが落ち着くわねえ」

「そう。よかったですね」と、セツコはナオコ婆の体をさするように洗いながら答えた。

ナオコ婆は安心しきったようにセツコの手に全身を委ねていた。

「いつもありがとう、セツコさん」と、ナオコ婆は垂れ落ちた小さな乳房のあいだに両手を合わせ、セツコを仰いで言った。ナオコ婆の大きな目が満足げに細められていた。セツコもうれしかった。何も言わなくていい。いま、こうしてこの人に必要とされている。それだけで十分ではないか。セツコはそう自分に言い聞かせた。

ナオコ婆の体は湯のなかではあまりに軽かった。鎖骨など手の触れどころが悪ければ、いともたやすく折れてしまいそうだった。ナオコ婆のすっかり痩せ衰えた二本の足は、力なく寄り添いあって水に沈んでいた。時化のあと強風にもぎとられて湾のそこかしこに漂う木の枝を思わせた。

利用者が費用の一割を、町が残りを負担して、ナオコ婆の家にも廊下から浴室から便所に至るまで必要なところに手すりが取りつけられていた。たしかに外出することはたえてなかったけれど、それでも手すりがついてからしばらくはナオコ婆は家のなかにシルバーカーを持ち込み、片手で手すりを握り、もう片方の手でシルバーカーの取っ手を握って、時間はかかるもののけなげに廊下を移動していた。

しかしそれは自分の体を蝕む老いに対する抵抗というよりは、手すりをつけるように勧めてくれ、その手配もしてくれたセツコやアサコ姉の配慮に対する義務感からだったのかもしれない。というのも自分が人魚であるということをセツコに告白してからは、トイレに行くとき以外にはほとんどベッドから離れず、手すりもシルバーカーも使わなくなっていたからだ。

「足、痛みますか？」と、セツコは風呂から上がったナオコ婆の全身を大きなバスタオルでくるんで拭きながら尋ねた。

「大丈夫よ。でも足が痛くて当然なのよ。セツコさん覚えてる？　人魚姫は美しい歌を歌う声とひきかえに、二本の足で歩けるようになったけれど、歩くたびに……」

「まるで尖った針と鋭い刃物を踏んで歩いているような激しい痛みが走った……でしたよね？」

「そうよ。そのとおりよ」

「足、そんなに痛かったんですか？」とセツコはびっくりして、思わずバスタオルを取り落としそうになった。「あ、ごめんなさい。でも、なんで言ってくれなかったんですか？」

「いいのよ。このくらい当然よ。だってわたし、今度はこの人間の足に別れを告げて人魚の尾を取り戻そうとしてるんですもの。さっきそのうろこを見たでしょ？」

セツコにはよくわからなかった。もしもナオコさんが『人魚姫』の人魚と同じようにして人間になったのだとしたら、ナオコさんはそのとき、海の底に住む者たちのなかでもっとも美しいとされる声を失ってしまったのだろうか？　しかしナオコさんの声はあんなにも心地よかったではないか。あんなにも歌が上手だったではないか。子供たちみんながうっとりと聞き惚れたあれらの歌は、奪われた声で歌われたものなのだろうか？　すると、いま人間から人魚になるために、この奪われた声がふたたびナオコさんから奪われることになるのだろうか？　セツコはいてもたってもいられなくなってナオコ婆に訊いた。

「そうよ。そのとおりよ。わたしの歌は、人間になる代わりに奪われてしまったの。物語のとおりよ。学校であなたたちに聞かせた歌、あれはもちろんわたしの歌じゃないの。わたしの歌は忘却の歌。それを聞いた者がすべてを忘れてしまう歌。それを聞いた旅人が故郷を、故郷に住む妻や家族を、忘れてしまう忘却の歌なの。その歌声で人魚姫は王子の心を奪うつもりだったのに、王子に近づくためにその声を奪われたのよ。いまのわたしにはその歌を歌うことができない。運命の皮肉よね……」と言って、ナオコ婆はさみしそうに笑った。「だって、わたし、その歌を思い出せないのよ。忘却の歌を歌う者がその歌を忘れる、だなんてね」

用務員のナオコさんの歌をはじめて聞いたとき、体の奥底から温かい波となって皮膚の裏側に打ち寄せてきた奇妙な感覚のことをセツコは思い出していた。ナオコさんがみんなの前で歌ってくれた歌はセツコの知らないものばかりだった。それでも、そうした歌を歌うナオコさんの声を忘れたことはなかった。忘れるどころか、ナオコさんの歌声を聞くたびに、この声はずっとむかしに聞いたことがあるとセツコは思い出したのだ。

セツコにとってはその声こそがナオコさんだった。なのに、それがナオコさんのほんとうの声ではないなんてことがあるだろうか？　いや、そうではない。それこそが忘却の歌を歌うナオコさんのほんとうの声なのだ。

セツコは急に明るい気持ちになった。湯にのぼせたわけでもないのに、顔が紅潮し、わけもなく自信が溢れてきた。

「大丈夫ですよ、ナオコさん。全部思い出します。今度は声も取り戻しますよ。だって人魚に戻るんだから。人間から人魚に戻るんだから。人間になるために奪われてしまったものは全部取り返せるはずですよ」とセツコは断言した。

ナオコ婆の骨と筋だけの足を一本ずつセツコはバスタオルですばやくていねいにぬぐった。ほとんど地上では使われなくなったこの二本の足がいつひとつにくっついても何の不思議もないように思われた。そうして魚の尾に戻った足は、地上で失われた自由を海のなかで取り戻し、行きたいところどこにでもナオコ婆を連れて行ってくれるだろう。ナオコ婆はずっと探していた人に会うことができるだろう。遠い海からこの地上にナオコ婆を連れて来たくせに、ナオコ婆をこの浜辺に置いて自分ひとりだけ先に海の底のどこかに消えてしまったあの人に。

「気持ちよかったですか？」とセツコは訊いた。

「ええ、とっても」とナオコ婆はうっとりとして答えた。大きな目を覆う長いまつげがお湯に濡れてつややかに光っていた。その光を受け止めようとするかのように、まつげにとまっていた蝶が透明な羽根をゆったり広げた。「こんなあったかいお湯に入れていただいて、こんなに贅沢なことはないわ。セツコさんはご存知？　北の海の底はもう信じられないくらい冷たいのよ。だから、わたし、こんな贅沢させてもらっていいのかしら、ってときどき心配になるくらいなのよ」

「全然贅沢じゃありませんよ。いままでずいぶん長いあいだ冷たい水のなかにいたんだから、これくらいして当然なんですよ」とセツコは言った。実際、町の人たちはナオコ婆に対してずいぶん冷ややかだった時期が長かったではないか。しかし海に帰ることを決めたナオコ婆にとってはもうそんなことはどうでもいいことなのかもしれなかった。

＊

ナオコ婆は入浴で少し疲れたようだった。いつもよりもよく喋ったせいかもしれない。入浴のあと、セツコの手を借りて寝間着を着替え、ベッドの上に横になったときには、ナオコ婆の半開きになった口から苦しそうな吐息が漏れていた。セツコは酸素濃縮装置のスイッチを入れ、カニューレという酸素吸入用のチューブをナオコ婆の鼻につけた。しばらくすると、小さな背中いっぱいに広がっていた荒れた海のような揺れが収まり、櫓を漕いで進み行くような規則正しい呼吸が聞こえてきた。その様子を見届けたセツコは、洗濯をしようと立ち上がった。その途端、ナオコ婆の声がうしろから聞こえた。

「セツコさん」

「どうしましたか？」とセツコはナオコ婆の顔が見えるように、ベッドの反対側にまわった。

「セツコさんがこうしてわたしのところに来てくれるのも介護保険というもののおかげなんでしょう？」とナオコ婆は訊いた。

「ええ、そうですよ」とセツコはうなずいた。「でも介護保険がなくてもわたしはナオコさんのためだったら喜んで来ますよ」

「ありがとう、セツコさん。いつもやさしいのね。ねえ、セツコさん？」

「なんですか？」

「ツルさんはどうしているのかしら？　ツルさんももういいお年よね。ツルさんは介護保険を利用されているのかしら？」

「え、ツルさんって、岩元のツル兄《にい》のことですか？」

「そう。岩元のツルさんよ。チョウザブロウさんの親友だった方よ。あなたもご存知でしょ？　わたし、きちんとお礼《れい》をしたいと思っていたのだけれど、ずっとそのままになってしまって……」

「はあ……お礼《れい》、ですか？」

「そうよ。何かわたしにできることはないのかしらってずっと考えてたの。わたしが直接ツルさんにお話しすればいいのだけれど、いま、わたし、海に戻る準備で足がこんな具合だから、外出もできないし……」

「ええ……」とセツコは不安そうにうなずいた。

「ほら、ツルさんもずっとおひとりで暮らしているでしょ。きっといろいろと大変だと思うのよね。わたしみたいに介護保険のお世話になることはできないのかしら？　そうよ、そうだわ。セツコさん、ぜひツルさんが介護保険を利用できるようにしてあげてくださいな」

「え……でも……」

「わたしも完全に人魚に戻ったら、ちゃんとツルさんにご挨拶にうかがうつもりではいるのよ。また海でお会いする機会もあるでしょうから。でもいまはこんな状態だから、あなただけが頼りなのよ、セツコさん。お願いよ。ねえ、お願い。わたしに親切にしてくださるようにツルさんにもしてあげて、ねえ、セツコさん。お願いよ。お願い」

　両手を胸の前で組んで懇願するナオコ婆にセツコはどうしても、いいえ、と首を横に振ることはできなかった。

＊

　ナオコ婆の言うお礼とは、いったい何のことだろうか。セツコにはすぐに思い当たらなかった。そして自分のうそを思い出した。セツコにとって、それは罪のないうそだった。

　一年前、ナオコ婆の呼吸の不調に気がついたセツコは、すぐにナオコ婆を病院に連れて行こうとした。しかしナオコ婆は、息苦しそうにあえぎながらもなかなか、うん、と首を縦に振ろうとしなかった。言葉を紡ぐことと呼吸をすることが同時にできないというように途切れ途切れに、「塩屋」に連れて行ってください、とセツコに頼んだ。これまでも自分は病気をすると、「塩屋のまじない」で治してもらってきたのだから、あれくらい効く「まじない」はないから、と言い張った。そのころから、ナオコ婆はおかしくなっていたのかもしれない。いや、おかしくなったのではない。そのころにはもう心の底で人魚に戻ることを決意していたということだろう。

産後の肥立ちの悪いのから脱臼、捻挫、疳の虫まであらゆる病気に効くという「塩屋のまじない」などもうどこにも存在していなかった。「まじない」使いの「塩屋のオバア」は、セツコが離婚してこの町に戻ってきた十年近く前には故人となってすでに久しかった。何にでも効くはずの「まじない」も自身の記憶の脱臼や捻挫には効かなかったのか、晩年は痴呆になり、「塩」を探すのは、自身の糞便を握り飯のようにぎゅっぎゅと丸めるときだけだった。この老婆といっしょに「まじない」は消えたのだ。

いやがるナオコ婆を説得するために、セツコはツル兄の名前を出したのだ。「ツル兄が心配していますよ」とセツコはうそをついた。その一言がすべてだった。ナオコ婆は素直な子供のようにセツコの車に乗せられて、隣市の病院に診察を受けに行ったのだった。ツル兄の名前はある意味で、ナオコ婆にとっては「塩屋のまじない」以上に効力を発揮した。

ナオコ婆は最初の夫チョウザブロウの親友だったツル兄に対してつねに変わらぬ感謝の念を抱いていた。見知らぬ土地に住むようになったナオコ婆を陰に日向に助けてくれたのは、ほかならぬツル兄だったからだ。

ナオコを遠い海の彼方から連れて帰り、ようやく身を落ち着けたかに思えたチョウザブロウだったが、それも長続きはせず、この美しい新妻をほったらかして、その心の岩礁に十三のころから住みついた姫を探してまたもや海の上をさまよい出したのだった。決してたどり着くことのできない岸辺にこそ自分の探し求める姫はいなければならないのだから、こうしてこの浜辺にいる以上、ナオコが自分の恋い焦がれてやまない姫であるはずはない、と確信したかのように。

ナオコは誰も知る人のいない孤独の岸辺でひとり泣いた。ナオコが歌声とひきかえに手にいれた二本の足を波は子犬のようにちゃぷちゃぷと舐めてくれたけれど、足の痛みは癒されたとしても心にうがたれた傷はふさがりはしなかったのだろう。それを黙ってツル兄は見守るしかなかった。すぐ近くからナオコを支えた。口さがない人たちは二人の仲を疑い、それがチョウザブロウの心をナオコから離れさせたのだと言った。無口で思慮深いツル兄をたらし込むとは魔性のおなごじゃ、と。ほんとうのところは誰にもわからない。その一方で、人々はチョウザブロウとツル兄が生涯深い友情の絆で結ばれていたことを知っていた。

　チョウザブロウは自分が連れ帰ったおなごと親友の関係について人から何と言われていようがまるで頓着することなく、十三の年から頭に焼きついた姫の姿を、他人の女房や伽《とぎ》の娘や女郎部屋のおなご衆の、海藻がたわわに打ちかかる岸辺の奥に探し求めつづけ、ツル兄は亀が首を甲羅のなかに引っ込めて嵐が過ぎ去るのを待つように噂が立ち消えるのをじっと待った。実際、すぐにそんな噂どころではなくなった。戦争が本格化し、チョウザブロウもツル兄も徴兵され、海の向こうの浜辺へと連れ去られたからだ。

　皮肉なものだった。この浜辺こそ、ナオコにとっては海の彼方の浜辺だったのだから。ナオコは戦争が終わって二人が帰ってくるのを待つしかなかった。しかし帰ってきたのはツル兄だけだった。

　ツル兄の姿形はすっかり変わってしまったけれど、ナオコ婆を思う気持ちには戦前も戦後もなかった。ずっと同じままだった。ナオコ婆にとってツル兄は心の支えでありつづけたのだ。

*

その循環器系の病気を専門とする個人病院で、ナオコ婆はレントゲン撮影をはじめとするさまざまな検査を受けた。ナオコ婆と付き添いのセツコの前で、白衣を着た恰幅のいい中年の医者はレントゲン写真を手際よく三枚並べてみせた。

「これがほんとうの塵肺の人の肺ですな」と医者は言った。

セツコは神妙な顔をしてうなずいた。

次に医者は真ん中に並べられた二枚目の写真を指さした。

「まあ、このくらいだったら申請できるかどうか、というところですな」と医者は無表情に言った。「きびしいところです」

セツコはうなずいた。肺の上に何となく影がついているように見えなくもなかった。

それから医者は三枚目の写真を指さした。

「これがおばあさんの肺ですな」

ほかの二枚に写っている肺に比べると、ナオコ婆の肺はずいぶんきれいに見えた。影らしい影もとくに見あたらなかった。セツコは少しだけほっとした。しかしそれなら、どうしてナオコ婆の胸が苦しくなるのだろうか。

「これでも申請しますか？」と医者は二人に訊いた。

「先生」とセツコは言った。

「まあ、ちょっとむずかしいと思うよ。あんたたちがそれでも申請したいと言うのなら、やってみてもいいけど。まあ、いくらわたしがやってもこれぐらいだと無理だろうなあ」と腕組みをした医者はセツコを無視して話しつづけた。

「先生」

「なんですかな？」と医者はぐいと眉までも腕組みするようにひそめて答えた。

「申請、申請、って。いったい何の申請をするんですか？」とセツコは医者の話を聞きながら疑問に思っていたことを訊いた。

「え？」と医者はきょとんとセツコを見つめた。「あんたたち、塵肺の申請をするために検査に来たんじゃなかったの？」

　セツコは口をぽかんと開けて医者を見た。

「先生、わたしたちは塵肺のために来たんじゃないんです」とセツコは呆れて言った。

「あ、てっきりそうだとばかり思ってたよ」

　病人としては限りなく灰色に近い人々を、塵肺患者に仕立て上げることを生業にしている医者は一瞬困ったような表情を浮かべたあと、大きな声を立てて笑った。

　結局、医者はナオコ婆の胸の不調の原因を突き止めることができなかった。自分の失態を帳消しにしようとでも思ったのか、医者はすぐに在宅酸素療法を受けることができるように手続きを整えてくれたのだった。

セツコにはどうしてナオコ婆が自分が病院などに行けるわけがないと言うのか、その理由がわからなかった。介護保険を申請するときに、意見書を書いてもらうため町の診療所に行ったことをナオコ婆は忘れてしまったのだろうか。その上、ナオコ婆は医者に行かなくても「塩屋のまじない」があるなどと言うのだ。しかしセツコの知る限りでは、ナオコ婆が「塩屋のまじない」による治療を受けたことは一度もなかったはずだった。

この土地に深く根を下ろした「塩屋」の一系の人たちが、縁もゆかりもない遠い海の向こうの土地から来たナオコ婆に対して、警戒心を抱き、ひどくよそよそしい態度をとっていたことは、セツコならずとも町の人間なら誰もが知っていることだった。

＊

ナオコ婆の訪問が終わったあと、途中で車を止めてセツコは海岸を眺めた。すぐに見つかった。海岸の西側のいつもの場所にツル兄はいた。相変わらず、砂の上に横になったまま飽きもしないものか首をもたげて海をただじっと眺めていた。午後が始まったばかりの日差しが海の上で銀色のバッタとなって嬉々として跳ね回っていた。雨と泥で汚れた羊の群れを思わせる灰色の雲が先を争って水平線を飛び越えようとしていた。押しあいへしあいするその体から発散される熱を含んで、海から吹いてくる風は重かった。沖を走る漁船のエンジンの音が波の向こうから響いてきたけれど、熱で溶かされたようなしまりのない音だった。海の上には浜とはちがう時間が流れているのだろう。船はその時間の網にとらえられて、いつ見ても同じ場所にいるように見えた。ひどく現実感がなかった。

セツコはふたたび車に乗ると、携帯電話でアサコ姉に電話をかけた。

「まあ、ツル兄もなんだかんだ言ってもあんたの命の恩人みたいな人だからねえ」とアサコ姉は電話口でおかしそうに笑った。その笑い声が耳に心地よかった。

アサコ姉のその日最後の訪問が三時に終わるということだったので、二人は四時に社協の建物で待ち合わせることにした。

＊

アサコ姉とセツコの説明をきいて、ケアマネージャーの市川さんはひどく困った顔をした。タケノコの灰汁《あく》でも飲まされたみたいな顔だった。

社協からサービスを受けたいという意向が利用希望者の側にあれば、申請のために社協に直接来てもらってもいいし、利用希望者が外出できない場合は、社協からケアマネージャーが出向くことになっている。しかし今回の社協への介護保険の申請にはいくつか問題があった。まず明らかにこれはツル兄の意志によるものではなかった。もちろん自分では判断できない状態になっている場合には、家族の者が代わりに申請できるが、ツル兄には身寄りがひとりもいなかった。いやもっとも、そのために民生委員がいるのだが、民生委員の奥村さんがツル兄のことで社協にであれ、民間の事業者にであれ、役場にであれ、相談したことは一度もなかった。ツル兄は外出できなかったが、それは当然だった。ツル兄はそもそも外に住んでいる、海岸に住んでいるからだ。問題はそうした細かいところにあるのではなかった。いちばんの問題は、ツル兄が介護保険の申請をしたところで、絶対に認定されないことははじめからわかりきっているのに、どうして申請しなければならないのか、ということだった。

「あなたたち本気？」と市川さんはまじまじと二人の顔を見つめながら訊いた。

「もちろん」と二人は力強くうなずいた。

「ナオコ婆がぜひお願いします、って言ってるし」とセツコはつけ加えた。

「でもなあ……行っても無駄だと思うけどなあ」と市川さんはあくまでも懐疑的だった。

「だったら、わたしたちが行ってくるから」とアサコ姉が言った。「な、それでいいじゃろ、市川さん？　それでナオコ婆が喜んでくれるんじゃから」

「ナオコ婆ねえ……あの人、ほんとに変わっているわよねえ。最近では、自分は人魚だって言ってるらしいじゃない。そろそろ海に戻るころなんだって」と言って、市川さんはおかしそうに笑った。「まあ、昔からいろんな話のある人だって聞いたけど」

　セツコの顔がこわばっていた。

「ケアマネは、どうしてその話を知ってるんですか？」とずっと止めていた息を吐き出すようにセツコが訊いた。声が少し震えていた。

「うん。ヘルパーの今井さんがね、ナオコ婆のところに行ったときそう言われたんだって」と市川さんは無頓着に答えた。

　セツコは苦しそうにうつむいた。何を言えばいいかわからなかった。自分だけに打ち明けてくれたわけではなかったのか。そう思うとさみしかった。セツコの変化に気がついて、アサコ姉がことさらに大きな声で言った。

「とにかく、ケアマネが行きたくないんだったら、わたしたち二人で行ってきますから、それでいいですよね？」

「まあ、それで気が済むんだったら、どうぞ」とセツコを横目で見ながら市川さんが承諾した。

「それじゃ、行ってきまーす」と元気よくアサコ姉はセツコを部屋から無理矢理押し出すようにして出ていった。

　ところが、そのアサコ姉がものの二分もしないうちに戻ってきた。

「どうしたの？」と市川さんが訊いた。

「申請書、申請書」とアサコ姉が笑った。「申請書をもらってくるの忘れたでしょ、ってセッチャンに怒られた」

「え、あんたも本気だったの？」と市川さんが驚いて訊いた。「わざと持って行かなかったのかと思ったわ」

「まあ、セッチャンのやりたいようにやらせてあげましょうよ。いいでしょ、一枚くらい」

「そうよね」と言って、市川さんは机の上の書類ケースから申請書を取り出して、アサコ姉に渡した。それから声をひそめて訊いた。「なんだかわたし、セッチャンの気分を害しちゃったみたいだけど、さっき余計なこと言ったかな？　ナオコさんの話をしたの、まずかった？　あれ、言っちゃいけない話だった？」

「そんなこと気にしなくっていいって。ケアマネはもともとこの町の人じゃないし、ナオコ婆のことをよく知らなくて当然だから。セッチャンはナオコ婆のことになるといちいち大袈裟になるんですよ」とアサコ姉は悲しそうに言った。「ナオコ婆が誰よりもあの子を頼りにしてるってわかってるくせに、変に自信がないのよねえ。まあ、わたしからも言っておくから、ケアマネは心配しないで」

「アサコ姉」と市川さんは逆に心配そうな顔つきになって言った。「余計なこと言わないでね。話がややこしくなったら困るから。頼むわよ」

「あ、あ、それもそうじゃ」とアサコ姉は口を押さえた。「いらんこと言ったら大事じゃ」

市川さんはもう一度プラスチックの棚に手を伸ばした。

「ほら、ついでに『認定調査票』も一部持って行ったら。まあ、本来のやり方ではないけど、そこまでやったらセッチャンも堂々とナオコ婆に言えるでしょうし、何よりもセッチャン自身も納得がいくだろうし」

「ありがとう、ケアマネ。それでは行ってきまーす」

市川さんが差し出した用紙を受け取ると、アサコ姉は足早に部屋を出ていった。

＊

セツコの運転する車で二人は海岸に向かった。日が暮れるまでにはまだ十分に時間があった。いったん暗くなってしまうと、防波堤沿いの道路には街灯はあっても海岸自体には何も明かりはないので、砂浜に這いつくばったツル兄を探すのは面倒になる。

……セツコがタカオと離婚してこの町に帰ってきてからもう十年近くになるだろうか。タカオとは小学校、中学校とずっといっしょだった。父方の祖父に預けられたセツコや親戚の家を転々としたアサコ姉は経済的な理由から進学を断念したが、タカオは県庁所在地にある工業高校を卒業後、上京し、遠縁の親戚が経営していた給水設備を取り扱う小さな会社に就職した。二人はタカオが盆に帰省したときに再会し、つきあうようになった。二十一のときに二人は地元の観光ホテルで結婚式を挙げた。セツコは中学卒業後、養殖真珠の「核」入れの職人として働いていたけれど、東京にはその技術を生かせるような場所はなかった。海どころか山も見えないのだ。同じ沿線には、祖父チョウ爺の叔父になる人が興した小さな建設会社があった。セツコはそこで経理の仕事を手伝うようになった。二人にはなかなか子供ができなかった。郷里の町だったら、そのことについて、ありもしない原因や想像することもできない因縁を聞かされもしたことだろう。しかし東京に住む二人は、一年に一度、盆か正月のどちらかに帰省する短いあいだに、そうした言葉が風に揺れる猛った緑の葉むらのように背後でざわめいているのを我慢すればいいだけだった。やまない風はないのだから、と。

タカオが独立して会社を持ったころが転機だった。タカオは懇意にする取引先の社長に頼まれて、その娘を事務員として雇った。小学生のときから知っていて、セツコが自分の子供のようにかわいがっていた娘だった。気がついたときにはもう遅かった。その娘とタカオが深い仲になっていたのだ。しかも娘は妊娠していた。そのことを知ったとき、セツコは腹も立たない自分に気がついて驚きもした。むしろ、まだ二十そこそこの相手の娘の将来を気づかった。もうずっと以前から愛情などなかったのかもしれない。タカオと自分がいったいいつからそんなふうになってしまっていたのかわからなかった。そうしてセツコはこの町に戻ってきたのだ。ほかに行く場所がなかったわけではないけれど、それはセツコにとっては自然な選択だった。その上、町には祖父のチョウ爺が残してくれた土地があった。タカオから得た慰謝料は田舎に小さな家を一軒建てるには十分だった。

しかしそのセツコの家のある集落にはいまもタカオの年老いた母親が住んでいた。その母親がセツコのことを悪く言っているのは知っていた。タカオの母親も介護認定を受け、週に二度、社協の訪問介護サービスを利用していた。彼女がセツコのことを何と言っているか、もちろん他のヘルパーたちはセツコには黙っていた。しかしそんなことは黙っていてもわかるものだ。デイサービスでいっしょになる老人たちにもタカオの母親はいろんなことを喋っていた。子供ができなかったのもセツコのせいだった。その証拠にタカオにはいま中学校に上がるような可愛い女の子がいるではないか。その孫娘に会えないのもセツコのせいだった。東京で生まれ育った新しい妻は田舎に行きたがらなかったし、タカオにもセツコに対する気兼ねがあった。しかしタカオの母親にしてみれば、何もかもみんなセツコが悪いのだった。「やっぱり血は争えないのお」とその話を聞いた老人たちが眉をひそめて言う声が聞こえた。老人たちのなかには、タカオの母親にひどく同情し、訪問介護の担当ヘルパーとしてセツコの名前を出されると露骨にいやな顔をする者もいた。これは相当なことを言われ、とんでもない悪者にされているのだろう、とセツコは怒りを通りこして悲しくなった。と同時に、それで当然だろう、と簡単に諦めもついた。タカオの老母にとって、セツコは赤の他人でしかないが、タカオは腹を痛めて産んだかわいい我が子なのだ。母が子を思う気持ちというのはきっとそれくらい強いものなのだ。それは子供のないセツコでも想像できる。

そういえば、セツコには小さなころから不思議だった。短い休みを終えてまた出稼ぎに戻っていく父親に向かって、「いやだ、お父さん、行かないで、行かないで」と家の外にまではっきりと聞こえるような声で泣き叫んでいた友だちの多くが、その同じ舌で父親を家庭への闖入者扱いしていたのだ。家に帰ってきた父親が、ひさしぶりの家族団欒がうれしくてたまらないのか、家だけでは大将になれるからか、調子に乗って飲み過ぎて、やはり家の外にまで聞こえるような大声で母親を怒鳴りつけようものなら、もうそれだけでまず何よりも父親ではなく母親の気持ちを想像して、「あんなお父さんなんかいらない、とっとと出て行けばいいのに」と吐き捨てるのだ。激しい憎悪のあまり口のなかを火傷して、そうして剥がれる皮をぺっぺっと吐き出すように。セツコは思ったものだ。子を抱く母と母に抱かれる子を、乳が、乳がなくても肌のぬくもりが、かたく結びつける。目には見えない絆は決して切れない。破壊されない。

　だからこそ、セツコにとっては、子を手放す母親の気持ちを理解するのがむずかしかった。たしかに自分には子供がなかった。だから夫と別れるとき、そのような問題に直面することはなかった。その意味では、自分は運がよかったのかもしれない。しかしセツコは置いていかれた子供の気持ちなら想像することができた。子供は母親の不在という事実を決して忘れたりはしない。朝、薄く伸びた影が、日が明るく高くなるにつれて濃さを増し、物体とより分かちがたくなるように、その不在は子供が成長するにつれて、ますます子供の存在にぴたりと寄り添い、足裏から狡猾な蛇のようにするすると体の内部に忍び込み、そのまだ殻の柔らかい小さな心を呑み込もうとするのだ。そんなことばかり考えてしまうのは、自分が置き去りにされた子供だからなのだろうか？

*

「ツル兄の申請、やっぱり面倒くさそうじゃ」と助手席で老眼鏡をかけて膝の上の申請書を読んでいたアサコ姉が顔を上げて言った。「これ、いっぱい書き込むところがあるもんなあ」

セツコは海水浴客のための駐車場に車を入れた。ほかに車の姿は一台もないのに、きっちり引かれた線の枠内に駐車するのはいかにも律儀なセツコらしかった。二人は道路を渡り、防波堤にしつらえられた階段から海岸に下りた。天気のいい日だったので、靴越しに砂のぬくもりが感じられた。二人は砂浜をぐるっと見渡した。にぎやかな鳴き声を撒き散らしながらカモメの群れが舞い踊っている一角があった。思ったとおりだった。そこにツル兄がいた。きっとおしゃべりなカモメたちの世間話に耳を傾けていたのだろう。

「ツル兄！」とセツコが駆けよりながら声を上げた。

驚いたカモメたちが空高く舞い上がった。ところが海を向いたままツル兄は振り向きもしない。

「ツル兄！」と今度はアサコ姉が声を張り上げて呼んだ。

その声に、ツル兄はびくりと甲羅のなかに首を縮こめた。それからその首をすっと伸ばして、近づいてくる二人を見た。

*

ツル兄こと岩元鶴男は、ナオコ婆の最愛の人チョウザブロウの親友だった。ツル兄はこの海岸で地引き網漁を行なう網元岩元家の三男坊だった。岩元の屋敷のある集落には学校がなかったので、子供たちはみんな山を徒歩で越えてとなりの集落にある小学校に通った。そこでツル兄は自分と同じように漁師の家の三男坊であるチョウザブロウと親しくなったのだ。悪さもした。うっかり大失敗もした。二人は何をするのもいっしょだった。

いまツル兄が住む美しい砂浜海岸がその一部をなす小さな湾の西の端にある岩礁に、かつてこの地に流れ着いて殺された姫の幽霊が現われるという噂があった。絶世の美女で、闇夜でも月の光で濡れたように輝く黒髪を絹の衣のように裸の体にまとい、銛でぱっくりと切り裂かれた喉からほとばしる呪われた深紅の声に乗せて、誰も聞いたことのない唄を歌うのだという。ひとたびその声を耳にしてしまったら最後、心を奪われて二度と陸《おか》に戻って来られなくなるのだ。

よく考えてみれば、姫の幽霊を見たと言う者がいるというのは、つじつまの合わない話だった。ところが、その噂の真偽を疑う者は誰ひとりとしていなかった。というのも、その姫を目撃したと言っているのが、耳のひどく遠い漁師のトク爺だったからだ。トク爺の家系には代々聴覚に問題を持つ人が出ていた。すべて過去の因業のせいだった。姫の命を奪った銛をふるったのはトク爺の先祖だと言われていた。

「ものすごく器量がいいらしいじゃねえか」と十三歳のチョウザブロウは目を輝かせて言った。「絶世の美女じゃとトク爺は言うとった」

「やめとけ」。ツル兄はチョウザブロウを翻意させようと言った。「だいたいトク爺、近頃は、耳だけじゃのうて目も悪いじゃねえか」

しかしトク爺をうらやむあまりにトク爺になりきってしまったのか、チョウザブロウの耳は急に遠くなってツル兄の言葉はまるで聞こえていなかった。ツル兄の長兄に隣の城下町にある女郎屋に連れて行ってもらってから、チョウザブロウの頭のなかは、三割が漁のこと、七割方は女のことで占められるようになっていた。とはいえ、その女への関心もほとんどが女の魚のように生臭いところをいかに自慢の熱い銛で突くか、ということだったから、漁師の心と魂を一刻たりともないがしろにしたことはなかったと言えるかもしれない。

「色も透きとおるように白いんじゃと」とチョウザブロウは夢想の波間に目を泳がせて言った。

「それは切り殺されて、体中の血という血が流れ出てしもうたからじゃろ。当たり前じゃ」とツル兄はこともなげに言った。

しかしチョウザブロウの情熱の満ち潮はいっこうに引かなかった。チョウザブロウが押し切る形で、二人は夜中にツル兄の父親が所有する小船のひとつに乗り込んでいた。冬の寒い夜だった。かじかむ手で舫綱を解きながらツル兄はぼやいた。「こんなこと勝手にして。親父にばれたら殺される。錨に巻きつけられて海に沈められる」

するとチョウザブロウは威勢よく笑った。

「船幽霊のせいにすればいいんじゃ。あいつらは舫綱を解いて、船を沖に連れて行くじゃねえか」

「こげな凪いだ日に船幽霊は出るはずがねえ」とツル兄は相変わらずそっけなかった。「あれは風が強いときに、綱をちゃんとかけておらんで、船を流してしもうた間の抜けた漁師が、つまりおまえのような漁師が、言い訳のために考え出したもんじゃからの」

しかしもともとゆるい理性の結び目を熱に駆られた欲望の指先でほどかれてしまったチョウザブロウの耳に、そんな理屈が届くはずもなかった。

「船幽霊のやつ、その姫の帯もするするとほどいてくれたらいいんじゃがのお」と綱を指でもてあそびながらチョウザブロウはほくそえんだ。

「帯なんてねえじゃろう。その見事な帯に目がくらんだ衆が帯をとるために姫を殺したんじゃから。トク爺も言っておったじゃねえか。髪の毛に覆われておるだけで裸じゃ」とツル兄はいかにも関心のなさそうな口調で言った。しかし関心がないわりには細部まで漏らさず話を聞いているのだった。

「裸か！」とチョウザブロウは興奮して叫んだ。「そりゃ、手間がかからんでいいわい！」

船の上からぼーっと月の光に浮かび上がった岩礁を見つめながら、二人は数時間待った。姫の亡霊は現われるのだろうか。たしかに何かが起こりそうな気配はあった。気がつくと、二人の乗った小船は岩礁から遠ざかっていた。そのたびにいちいち櫓を漕ぎ、もとの場所に戻らなければならなかった。

「不思議なことがあるもんじゃの、ツル。船がひとりで動いとる。岩の近くにおるのが恐ろしゅうてかなわんのじゃ。こりゃ、姫のやつ、出るど」と唾を呑み込みながらチョウザブロウは言った。

「ちがう。それじゃ」とツル兄は指差した。

「それってなんじゃ？」とチョウザブロウが訊いた。

チョウザブロウは冷ややかなツル兄の視線の先を追った。そこには綱に巻かれた一抱えほどある石があった。

「錨を下ろしてねえからじゃ。当たり前じゃ」とツル兄は笑いもせずに言った。

「お、お、おまえ、なんでもっと早く言わないんじゃ！」とチョウザブロウは顔を真っ赤にして怒った。

「ときどき櫓でも漕いだほうが体があったまっていいじゃろうが。おー、さみい、さみい」と、ツル兄はチョウザブロウには尻を向けて、口の前に合わせた手を息をふきかけながら擦り合わせた。

それでも二人は明け方まで、歯の根が合わなくなるような寒さのなか、ひたすら、むなしく、それはもうむなしく、待ったのだ。

「よおおい」とツル兄はチョウザブロウの肩を揺らした。

「お、なんじゃ？」とチョウザブロウは目をかっと見開いて、口から垂れ落ちる粘りのきつい飴のようなよだれを手の甲でぬぐい取りながら、きょろきょろ首をまわした。「とうとう出たか？」

「出た、出た」とツル兄は面倒くさそうに首を振った。

「どこじゃ？」とチョウザブロウは叫んだ。

「もう日が出た。帰るど」

あっけないものだった。夜の闇に隠れていた山々がいつのまにかぬっとその姿を現わし、ぐっと黒い背中を丸めて、湾に浮かぶ二人を取り囲んでいた。結局、見目麗しき姫に会うことはかなわなかった。チョウザブロウはしぶしぶ櫓を取って漕ぎ出した。海面からは白い靄が立ち上り、櫓を漕ぎながら、チョウザブロウは大きな鍋をかき回しているような気分になった。何かまだ底に残っていて、不意に浮かび上がってくるかもしれない。チョウザブロウはだんだん小さくなっていく岩礁から目を離すことができなかった。

「出、出そうじゃ！」と突然チョウザブロウが大声を上げた。

まさか、と疑いぶかそうにツル兄は、チョウザブロウの視線を追いながら訊いた。

「どこじゃ？」

チョウザブロウは顔を赤らめて笑った。

「糞が出そうじゃ」

小船の上にせんちがあるわけない。寒いがどうにも仕方がない。チョウザブロウは櫓を下に置くと、ズボンを脱ぎ捨てた。船のへりに腰掛けるようにして尻を突き出した。尻から放出される白い蒸気が海面に立ちこめる靄と混じり合い、その帳の向こうから、海面を叩く耳障りな音が数度聞こえた。腹が冷えすぎたのか、下痢気味だった。

「綱で拭くなよ」と、手を伸ばしたチョウザブロウにツル兄がぴしゃりと言った。「おまえの糞のついた綱なんか使えるか。親父にその縄で縛られて海に沈められでもしたらかなわんからの」

「洗えばいいじゃねえか」とチョウザブロウは口をとがらせた。

「だったら手でも同じじゃ。あとで洗えばいい」とツル兄はぶっきらぼうに言った。

しぶしぶとチョウザブロウは指先を海に漬け、海水を肛門の周囲に跳ねかけはじめた。指を断ち切るような冷たい水だった。チョウザブロウは尻を洗うのに必死で、潮の流れが変わったことに気がついていなかった。船はゆっくりと岩礁に向けて押し戻されていたのだ。糞がなかなか取れた感じがせず、尻の具合がどうにも気持ち悪かった。ぱしゃ、と水にあたるはずの指がごつごつの岩肌を直接叩いていた。寒さでほとんど痺れていた指を襲った痛みはそれはもう激しかった。眠り込んだほかの感覚をよそに痛覚だけがわめき立てた。

「い、いてえ!」とチョウザブロウは叫んだ。気がつくと、びりびりと痛む指先を口のなかに入れて、はー、はー、と激しく息を吹きかけていた。指にまとわりついたにおいと味が胃袋をたちまちひっくり返し、チョウザブロウは思わず、おえっ、と吐き出した。

そうやってチョウザブロウは、曙光にかき消されはじめた白い靄を引き裂いて湾の上に響き渡るツル兄の笑い声に包まれながら、指先についた便を熱く酸っぱい胃液で洗い流すことになったのだった。

＊

以来、夜な夜な切り裂かれた喉からこの世のものならぬ魅惑的な唄を奏でる美しい姫は、波静かな湾の表面に突き出た岩礁ではなくて、欲望のしぶきを絶えず浴びて決して乾くことのないチョウザブロウの頑なな心のうちにより頻繁にその姿を現わすようになった。誰にも聞こえない姫の歌声がチョウザブロウを呼んでいた。その姫と出会うために、チョウザブロウは船に乗った。漁場はどこにでもある。夜、海に出るたびに、姫の白い肌を照らし出す月の光をチョウザブロウは追いかけた。そのチョウザブロウをこれは一大事とツル兄は慌てて追いかけた。船幽霊に取り憑かれてしまったのか、舫綱の切れた小船のように海の上を彷徨するこの馬鹿に好き勝手やらしたら何をしでかすかわかったものじゃない。糞をしゃぶるくらいではすまないかもしれない。行ったが最後二度と戻れない浜辺に流されてしまうかもしれない。

チョウザブロウその人が死んでしまい、ナオコ婆が人間の世界を忘れて人魚の世界に帰り支度をはじめたいま、どんなときもチョウザブロウといっしょだったツル兄なら、チョウザブロウがいったいどこからナオコ婆をこの浜辺に連れてきたのか教えてくれたにちがいない。子供たちの心を奪う物語を語り、子供たちをここではない遠い世界にいざなう歌声をもった、この色白で瞳の大きな女性がどの浜辺からやって来たのかを。

　しかしもう遅いのだ。日の丸が揺れるなか、血しぶきのような万歳の大合唱を浴びせかけられながら、ともにこの浜辺をあとにし、糞や小便をねぶるような飢えと渇きを分かちあった二人だったけれど、この浜辺に生きて戻ってくることができたのはツル兄だけだった。ところがそうして戦地から帰還してきたツル兄は以来、決して壊すことのできない沈黙の殻に閉じこもってしまったのだ。もともと口数は少なかったのがもはや一言も発することはなかった。

　なぜならツル兄はほんとうにかたい甲羅に包まれていたからだ。

*

　ツル兄をこの浜辺に連れ戻してくれたのは終戦の翌年にこの土地を襲った激しい時化だった。遠い海からやって来た熱く重たい風は地上の家々から次々と瓦を剝ぎとった。人々の家のなかに何か探しものをしているかのようだった。さほど高くもない山の頂をすっかり隠してしまうほど垂れ下がった厚い灰色の雲に、天と地がひっくり返ったように瓦がすいすいと吸い込まれた。そのときに屋根を飛ばされたツル兄の実家から、ツル兄の戦死を通知する紙切れが天高く舞い上がっていったのだ。

時化のあと、浜にはさまざまな物が雑多に打ち上げられていた。まるで海そのものがひどい船酔いをして嘔吐したかのようだった。小さな青魚が黒く濡れた浜の飛び散らす汗となって、光り輝きながら体を弾かせていた。

そこにツル兄の姿があったのだ。それがツル兄だということは、打ち上げられた漂流物のあいだに何か使えるものはないかと浜にやって来た集落の人たちにはすぐにわかった。言わずもがな、とはこのことだった。そのウミガメの甲羅の右肩付近には大きなひびが入っていた。それはツル兄の右の肩甲骨のところにある傷跡そっくりだった。幼いころ山で遊んでいたツル兄は足を滑らして斜面を転がり落ち、竹藪に突っ込んだ。そのときに竹の切り株で右肩のところを刺し貫かれる大怪我をした。そこに一生消えない傷が残った。見まがいようがない。その傷跡に間違いなかった。

「じゃが、ツルよおい、おまえ、よりによってカメになるとはのお」と誰もがツル兄の鶴男という名前を思って天を仰いで嘆息した。「まあ、カメは萬年、ツルは千年で縁起は悪くはないけどの……」

ところが、いまやウミガメとなったツル兄は取り囲む人々にはまるで無関心の様子だった。返事ひとつすることなく、人々の足のあいだから、時化の名残りでところどころ泥色に濁った海をじっと見つめていた。

「まあ、むかしからあんまり愛想がいいとは言えんやつじゃったからの……」と人々は顔を見合わせ、諦めたようにうなずきあったのだった。

＊

灰色の濃密な雲が水平線にぎゅっと蓋をしていた。重たい空気が無数の舌となって、ふくらんだ海の表面をめくっていた。セツコとアサコ姉は、砂浜に腹這いになって首をまっすぐ海に向けたウミガメの両側にしゃがみ込んだ。こうすればいくらウミガメが知らんぷりを決め込んだところで、頭を甲羅のなかに引っ込めでもしない限り、右目にはセツコが左目にはアサコ姉が映っているはずだった。

「ツル兄」とアサコ姉がウミガメの頭に顔を近づけて大きな声で言った。「面倒くさいかもしれんけど、ナオコ婆を喜ばすためだと思って、ちょっとつき合っておくれ」

「ツル兄、ごめんね」とセツコも頭を下げた。

ウミガメは首を少しだけ縮めた。単にアサコ姉の大声に驚いただけなのかもしれなかったが、二人はツル兄が、うん、とうなずいたのだと思うことにした。

アサコ姉は老眼鏡をかけると、膝の上に申請書を載せた。雨がぽつりぽつりと落ちはじめていた。セツコはショルダーバッグから折り畳み傘を取り出し、それを開くと、甲羅ごしにアサコ姉の頭上に傾けた。

「やっぱり下に敷くものがないと書きにくいなあ」とボールペンを握ったアサコ姉が顔をしかめた。「セッチャン、あんた、下敷きになるもの持ってない？」

「え」と、セツコはうつむいて片手でバッグをまさぐった。

「あ、もういい。もう探さなくていいわ」とアサコ姉がセツコをさえぎった。「ここにいいものがあった、あった」

そう言うと、アサコ姉はウミガメの甲羅の上をさっさと手で払い、申請書を置いた。

「これだったら、安定感ばっちりじゃ」とアサコ姉はにかっと笑った。ウミガメは何も感じないのか相変わらず海のほうに首を伸ばしたまま、ぴくりとも動かなかった。ところがアサコ姉の握ったボールペンもまたぴくりとも動こうとしなかった。アサコ姉は急に深刻そうな顔をしてウミガメの甲羅とにらめっこしていた。

「どうしたの、アサコ姉？」とセツコは訊いた。

「ほうら、最初から問題じゃ」とアサコ姉は顔を上げてセツコの顔を見た。「ツル兄の『被保険者番号』って……セッチャン、あんた知ってる？」

セツコはきょとんとアサコ姉を見返した。

「……ツル兄の保険証……？　むかしは持ってたんだろうけど……」

「いまは、カメじゃからなあ」

「うん」

「ツル兄」と首を傾げてからアサコ姉は訊いた。「なあ、ツル兄、あんた、いま保険証持ってるの？」

しかしウミガメは黙り込んだままだった。勢いを強めはじめた雨粒が、その毛のないつるつるした頭の上にぶつかっては流れ落ちた。

「まあ、いいや。わかるところから行こう」とアサコ姉はボールペンを握りなおした。

「氏名、生年月日は問題なし、性別は男と……」

「アサコ姉」とセツコは急に声を落として呼んだ。「ちょっと」

「なに？」

「いいから、ちょっと」と声をひそめたままセツコは立ち上がり、アサコ姉の肘を引っぱった。

「いったいどうしたの？」とアサコ姉は驚いて尋ねた。

「わたしね、見たことがあるのよ」とセッコがアサコ姉の耳元に口を近づけてささやいた。

「なにを？」とアサコ姉は眉をひそめて訊いた。

「ツル兄が産んでたのよ」

「なにを？」

「卵よ。浜で卵を産み落としていたのよ。一昨年かな、東京にいたときの友だちが遊びに来たのよ。夜、散歩がてら浜に連れて行ってあげたの。そしたらたまたまウミガメが産卵してて、友だちは大喜びだったけど……」

「セッチャン、それ、ほんとにツル兄じゃった？」とこれ以上ないくらい眉をひそめてアサコ姉はセツコの言葉を疑った。

「うん、ツル兄に間違いないって。これだけ大きなウミガメはあまりいないし、それに甲羅にあの傷があったもの」

「うーん」とアサコ姉はうなった。「ってことは、ツル兄の性別はメス、じゃなくて、女ってことになるの？」

「でも……」

「でもツル兄はツル兄じゃもんなあ。カメのオスは卵を産んだりしないんかなあ？　たしかそういう動物もおるじゃろ？」

「うん……でもカメはちがうと思うなあ……」とセッコは自信なさげに答えた。

「セッチャン、こんな大事なことなんでもっと早く教えてくれなかったんかなあ、もう」

「ごめんね」

「まあいいわ。申請書はややこしいから、調査票のほうをやろう」

アサコ姉は申請書をセッコに手渡すと、代わりに認定調査票を取り出し、甲羅の上に置いた。セッコは用紙が雨に濡れないように傘を傾けた。しかしすぐに、調査票の質問事項を読むアサコ姉の顔は、海の上に垂れ込めた雲と同じくらい暗い雲で覆われることになった。

「『寝返り』？　これはできないよな……『起きあがり』もダメ。いつも腹這いじゃもん。『座位保持』なんて、座れるわけもないし、『立位保持』もできないし……『移動』、これはできてるよなあ。『洗身』？　まあ海にしょっちゅう入ってるみたいだからいいのかな？」とアサコ姉はすぐ横のセッコの顔を覗き込んだ。

「たぶん」とセッコはうなずいた。

「『食事摂取』、『飲水』、『排尿』、『排便』、こういうのはたぶん全部自立できてるから、オッケーじゃなあ。うーん、『衣服着脱』って、甲羅は衣服じゃないし。『薬の内服』とか『金銭管理』、『電話の利用』って、これ、どうなってんの、ツル兄？」とアサコ姉はウミガメに問いかけた。

ところがウミガメは聞いていなかった。いつのまにか、ウミガメは首を甲羅のなかに引っ込めていた。雨粒が大きな音を立てて傘の表面を叩いていた。

「まったくいつも水のなかにおるくせに。このくらいの雨で首なんて引っ込めて」とアサコ姉は呆れてため息をついた。

「ほんとね」とセツコは笑った。

「『視力』、『聴力』はどうなのかな？　ツル兄、ツル兄、聞こえてる？」と、アサコ姉はウミガメの首がおさめられた甲羅の入り口付近に口を近づけて訊いた。オウムのくちばしのような口元が見えるだけだった。

「ツル兄、ツル兄」とアサコ姉は大きな声で呼びつづけた。

しかし返事はなかった。

「でもまあツル兄って昔から都合が悪いと聞こえないふりをする人だったらしいからなあ……」とアサコ姉は諦めたように首を振った。

「『問題行動』はどうかな、セッチャン？」と調査票を横に並んだセツコに見せながら、アサコ姉が訊いた。

「そうねえ。『作話をし周囲に言いふらすこと』も『暴言』も『暴行』もないけど、『実際にないものが見えたり、聞こえること』に関しては、よくわからないわよねえ」と調査票を覗き込みながらセツコは言った。

「あ、でも、この『目的もなく動き回ること』って、これはよくあるよなあ。はははは」とアサコ姉がこらえきれずに声を上げて笑った。「はははは。ツル兄、しょっちゅう浜を這い回っているもんねえ」

「でもアサコ姉、ほんとうに目的がないのかどうかは、わたしたちにはわからないよ」とセツコが言った。

「そう言われたらそうじゃな」とアサコ姉は真顔になってセツコを見返した。

二人はしばらく黙って顔を見合わせていた。

「セッチャン」とアサコ姉は老眼鏡を外してセツコを見つめながら言った。

「なに？　アサコ姉」

「もういいじゃろ？　あんたも気が済んだじゃろ？　これだけやったんだから、ナオコ婆にも胸を張って言えばいいのよ。ツル兄の介護保険の申請、ちゃんとやりましたから、って」とアサコ姉は言った。その声には、いいかげん自分自身にもセツコにもうんざりしたというような疲れがうかがえた。

「あとは医師の意見書をもらわないといけないわよね」

「もうセッチャン」とアサコ姉は重たい石が深い海に沈んでいくようなため息をついた。

「ごめん、ごめん」とセツコは悲しそうにほほえんだ。「ごめんね」

「もうだいぶ雨も強くなってきたし、帰ろうか」

「うん」

二人はウミガメを見た。ウミガメの首は甲羅のなかに引っ込められたままだった。大きな甲羅の表面は、叩いては跳ね散る無数の水滴によって、薄く震えつづけるもう一枚の甲羅に包まれたようになっていた。右肩に残った大きなひびに溜まった雨が、致命的な傷口から流れ出る血のように裂け目から流れ落ちていた。

＊

雨は勢いを増して一晩中降りつづいた。セツコは何度も目を覚ました。どうしても眠れそうになかったので布団から起き出すと、台所に行ってお茶を淹れた。時計を見ると、まだ朝の四時だった。外は真っ暗だった。光の代わりに雨の音が空間を埋めつくしていた。

頭も体も重たかった。まるで冷たい雨が体の奥深くまで侵入してきたかのようだった。手先と足先が冷たかった。体が震えていた。ナオコ婆は平気なのだろうか？　ナオコ婆はそれでも冷たい海の底に戻りたいのだろうか？

ツル兄はどう思っているのだろうか。セツコは訊いてみたかった。ナオコ婆のこの地上での生活、少なくともこの町に来てからの境遇は、おそらく海の底以上の冷たさと暗さにどっぷりと深く浸されていたのではないか。ずっとナオコ婆のそばにいながら、ナオコ婆にあれだけ頼りにされていながら、ツル兄はどうしてナオコ婆が不幸な目に遭うのを指をくわえて見ていただけだったのだろうか。

ツル兄は何も言えなかったのだ。言いたくても、ウミガメになってしまったツル兄には何も言えなかったのだろう。それはセツコにもわかる。しかしツル兄の性格からすれば、ウミガメになっていなくとも何も言わなかったかもしれない。たぶん言葉などいらなかったのだ。どれだけうしろ指さされ、どんなにあしざまな扱いを受けようとも、ナオコ婆が耐えることができたのは、ウミガメとなったツル兄がかたい甲羅を盾にしてそうした陰口や冷笑や軽蔑からナオコ婆を守ってあげたからなのだ。

まさか。そんなはずがない。セツコは首を振った。そんなおとぎ噺みたいな話があるわけないではないか。

戦争でチョウザブロウを失ったナオコに目をつけたのは、三十年近いあいだ町長としてこの町に君臨した首藤助長だった。ナオコにはたしかに河上与一という夫がいたけれど、誰もがその背後に助長の姿を見ていた。

正確に言うと、当時はまだ助長は町長だったわけではない。助長の生家は地元ではいちばん大きな名主の家だった。助長は大阪で大工の修業をしたのち、親戚を頼って朝鮮に渡り、そこで建設会社の代人として成功を収めた。その建設会社の仕事のほとんどは軍から請け負った仕事だった。助長は鎮海から釜山を経て羅津まで大きな港湾工事や道路工事を手がけながら朝鮮半島の沿岸部を北上した。助長の女好きは病気だった。助長はとくに後家が好きだった。現場のある町で、手当たり次第に日本人の後家を口説き落とし、工事が終わると同時にこれ幸いとばかりに女たちから逃げ出すのだった。終戦のときは羅津の租界にいた。ソ連軍の侵攻から逃れるためにいったん釜山まで逃げて来たのが、口説き落とせなかった後家に悔いが残って、その女を連れ戻すために船を買って羅津までもう一度戻ったくらいの女狂いだった。朝鮮で大もうけした財産のほとんどは釜山でアメリカ軍に没収されてしまった。しかしこの海辺の町に戻るとすぐに建設会社を興した。

助長の父親が戦後すぐにこの海辺の村々が合併して町になったときの最初の町長だったことは助長にとって幸いだった。会社はたちまち大きくなった。リアス式海岸で入り組んだ海岸沿いの県道工事も隣の市とつながる峠道の工事も湾の護岸工事もすべて助長の会社が受注した。助長は父親の引退後、すぐに町長に立候補して当選した。この町には戦死者が多かった。それはつまり後家の数が多いということだった。しかしそのころには助長の嗜好はすっかり変わってしまっていた。子供たちを養うために土方仕事や行商で汗水垂らして働く男勝りの後家たちよりも色気があって知性的なところもある女を好むようになっていたのだ。助長は町に赴任してくる女性教師や教師の妻を次々に籠絡した。

その助長が小学校の用務員をしているナオコに目をつけないはずがなかった。色白。澄み切った深い沼のような大きな瞳。飼い慣らした蝶のような白い光を宿らせた長いまつげ。本を読むのが好きで、外国の歌も知っている。ナオコはたちまち助長の心を奪った。ナオコは岩元鶴男とできているという噂がまことしやかに語られていた。鶴男は町では有名な漁師のチョウ爺が一目置き、息子のようにかわいがっていた腕のいい漁師だった。風来坊のチョウザブロウはともかく、ツル兄のような男を怒らせたらとんでもないことになると、ナオコに近づく男はいなかった。しかしその鶴男はいまや陸地では無力に等しいウミガメだった。助長が何をしようが、何もできはしない。地団駄踏むかわりに、櫓のような前足で砂浜を蹴り上げ、悔し涙といっしょに卵をぽろぽろと産み落とすくらいが関の山だった。

ただ問題は助長の妻ヒサの存在だった。「塩屋」の一系に連なるヒサは、どうして助長があんな女を嫁にしたのか、と誰もがへし折れそうになるくらい首を傾げる器量の悪い女だった。もちろん助長が自分で選んだわけではなかった。助長の父親が勝手に決めた縁組みだった。「塩屋」の家に飲みに行ったときに、「まじない」をかけられたにちがいなかった。やっぱり「塩屋のまじない」はおそろしい、と町中に下品な笑い声が飛び交った。

　それまで夫がどんなによその女に手を出そうと文句を言ったことのないヒサだったけれど、ナオコにだけは夫が近づくことを許さなかった。ナオコに関わることによって、夫の助長がチョウザブロウのように舫綱の切れた船のようになったり、ツル兄のようにウミガメになってしまうのを恐れていたのかもしれない。あるいは、ヒサは「塩屋」の人間だけに備わった本能によって、海の向こうから連れて来られたナオコの中に、この浜辺に根を張る力を腐らせる不吉なものを敏感に嗅ぎとったのかもしれない。

　ナオコが漁師の河上与一といっしょになったのはそのころだった。与一は当時五十はとっくに過ぎていて、子供ができないからと、それまでに三度も離婚をしていた。ナオコはチョウザブロウとのあいだにできた男の子を連れて行ったから、これで与一も跡取りができてよかった、と喜ぶ人もいた。その一方で、そうした人たちも漁師の次男坊でさほど稼ぎもなかった与一がどうしてあんな立派な家を建てることができたのかいぶかしがった。船を新造するために与一が借金をしていたことは誰もが知っていた。その借金の相手がほかならぬ助長だったということが、人々にさまざまな憶測を抱かせたのかもしれなかった。

＊

たしかにセツコは見た。町長の黒塗りの公用車が海岸沿いの道路を走っていき、ナオコ婆の家の前で止まるのをセツコは砂浜から見つめていたのだ。海岸に沿って防波堤が作られたのも、その防波堤のこちら側にまっすぐ伸びる舗装道路が建設されたのも、いま思えば、首藤助長が町長の時代だった。

夏休みのあいだ毎日のように山道を踏み越えて、アサコ姉といっしょにセツコは海岸に行った。まだふたつの集落を結ぶトンネルはなかった。たいていの場合二人はブリキの缶をひとつずつ手にさげていた。空っぽの缶に小さな石ころを拾って入れると、二人が歩くたびに、からん、からん、と乾いたかわいらしい音が響いた。それが「まじない」になるのか、旅人の足に色濃い疲労の蔓草を絡め、その胃袋に空腹の茨を巣くわせるヒダル神に、二人の小さな体が取り憑かれることはなかった。

海岸の東側の砂浜が切れるところには岩場があって、そこではアオサやアオノリが採れた。たくさん採れれば問屋に売れた。しかし二人にはそれぞれが世話になっている家の生計を助けているという意識はなかった。遊びをするのと同じ感覚で、手足を潮に濡らしながら夢中になってアオノリを岩から剝がしてブリキの缶に集めるのだ。

セツコが毎日海岸に行ったのはたぶん手伝いのためだけでも遊ぶためだけでもなかったのだろう。アサコ姉にはセツコの気持ちがわかっていた。だからアサコ姉は、セツコが「浜に行こう」と言うと、いつも黙ってセツコについてきてくれたのだ。

それに飽きると、二人はウミガメを探した。そのウミガメのことを、みんながツル兄だと言っていた。しかし二人にはよくわからなかった。というのも大人たちの話から二人はツル兄が戦争に行く前は、カメではなく腕のいい漁師だったということを知っていたからだ。人間がカメになるということがセツコにもアサコ姉にもはじめよくのみこめなかったのだ。「ツル兄の生まれ変わり？」と覚えたばかりの言葉でセツコはチョウ爺に訊いた。

すると、すだれ眉毛の下で目を細めてキセルをふかしたチョウ爺は口元に悲しそうな笑みを浮かべて首を振った。「生まれ変わってくるもんなんかねえ。死んでしもうたら終わりじゃ。二度と戻ってくることはできん。じゃがの、ツルは死んでねえんじゃ。あれはツルじゃ。ツルオじゃ。もともと腕のいい漁師じゃったが、見てみい、とうとうじいちゃんを追い越した。あいつがいまじゃいちばんの漁師じゃ。ええ？」とチョウ爺は言った。

「じいちゃんよりもすごい漁師？」と二人はびっくりして訊いた。「あんなにのろのろしてるのにね」とアサコ姉がセツコの耳に口を寄せてささやいた。それが聞こえていたのか、チョウ爺は笑いながら二人に答えた。「ああ見えてもの、海のなかじゃと早いんじゃぞ。あいつは魚を捕るのにもう船もいらん。針もいらんし、網もいらん。何もいらんのじゃ。じいちゃんなんかよりもずっとずっとすごい漁師じゃ」。そう言われてみれば、「腕がいちばん」の漁師と言われていたチョウ爺は漁に出ないときは縁側にじっとあぐらをかいて、日がな地面に映った自分の影とにらめっこしていたけれど、それと同じようにウミガメもまた砂浜にじっと寝そべったまままいつまでも甲羅を太陽とにらめっこさせていた。その根気強さだけなら、ウミガメのほうがチョウ爺よりも甲羅があるぶん一枚上手だったかもしれない。

ウミガメとなったツル兄はやさしいところもチョウ爺とそっくりだった。ウミガメはいつもそこにいてセツコとアサコ姉と遊んでくれた。二人はウミガメの姿を見つけると、駆け寄って甲羅にまたがった。すると、それまで石のようにぴくりとも動かなかったウミガメが動き出すのだ。二人を乗せたウミガメは、波で黒く濡れた滑らかな砂の上をのっそりと這っていった。

セツコは何度も何度もナオコさんが住む家のほうを見た。黒塗りの大きな乗用車は止まったままだった。乗用車が止まるのと同時に時間までも止まってしまったかのようだった。

息が止まってしまいそうだった。心臓が激しく叩いていた。耳の奥で遠く波音が鳴り響いていた。波音はひとつ前の波と重なり、次の波に塗りつぶされた。同じ時間ばかりがくり返された。前に進んでいるのはウミガメだけだった。

……その家の玄関が開き、町長の姿が見える。そのうしろに用務員のナオコさんがついて来る。ナオコさんは日差しがまぶしいのかうつむいている。あの大きな目が見えない。まつげの上に舞う透明な蝶の姿がどこにも見えない。まるで波に足を取られているかのようにナオコさんの歩き方はおぼつかない。運転手がドアを開け、町長とナオコさんが車に乗り込む。車が動き出し、海岸沿いの道を来た方向に戻っていく。町長の大きな頭が邪魔で車のなかのナオコさんの顔は見えない。ウミガメは首をすっともたげて、車が見えなくなるまで道路のほうを向いている。それから首をすっと甲羅のなかに引っ込めて、身動きひとつしなくなる。セツコのおしりの下でウミガメはひとつの大きな悲しみの石となる。セツコは前に座っているアサコ姉の背中に顔を押しあてて、その腰にまわした両手にぎゅっと力を入れる。アサコ姉が「セッチャン、セッチャン」と呼ぶ。「ほら、来たよ」と言う。セツコはアサコ姉の背中で頬を濡らすものをぬぐうと、顔を上げて前を見る。

砂浜の向こうからこっちを見ている人がいる。男の子だ。

「ほら、ケンイチロウくんが来たよ」とアサコ姉が言う。

ケンイチロウは靴を脱ぎ捨てると駆け出す。

「ケンちゃーん」とアサコ姉が叫ぶ。

ケンイチロウはウミガメの甲羅の上に座った二人の前に立ちつくす。全速力で走ってきたケンイチロウは、はあ、はあ、はあ、と子犬のように息を切らせている。ウミガメがすっと首を出す。ケンイチロウは一瞬びくっと体をこわばらせるが、ウミガメの顔を見て、ほっと安心する。アサコ姉にもセツコにも、やさしいツル兄がケンイチロウにほほえみかけているのがわかる。ウミガメが動き出す。アサコ姉とセツコはゆっくりと進んでいく。ケンイチロウはついてくる。ウミガメが止まる。また動き出す。ケンイチロウがついてくる。それが何度も続く。波が甲羅からぶら下がったアサコ姉とセツコの裸足の足を濡らす。

ケンイチロウが言う。

「ぼくも乗りたいなあ……」

セツコはケンイチロウの顔を見る。いまにも泣き出しそうで、セツコまで泣きたくなってくる。セツコはアサコ姉の腰にまわした手をほどく。しぶしぶウミガメの甲羅から降りようとする。

「いいよ、代わってあげる!」と大きな声がする。アサコ姉はさっと甲羅から降りると、セツコの肩を押さえつける。

「セッチャンは乗ってて」

それからケンイチロウに向かって言う。

「いいよ。ケンちゃん、乗って」

ケンイチロウが体全体でにっこりと笑う。

「アサコちゃん、ありがと」と言って、ケンイチロウは甲羅にまたがる。

その瞬間、ウミガメが突然動き出す。体がぐらっと揺れて、セツコは慌ててケンイチロウの腰に手をまわす。ケンイチロウが心配そうにセツコを振り返る。

「びっくりした」とセツコはケンイチロウの顔を見て言う。照れ笑いを浮かべる。

「ぼくも」とケンイチロウが目を丸くして答える。

それからケンイチロウが元気よく言う。

「ちゃんと持ってて!」

「うん!」とセツコはうなずき、そのまま頬をケンイチロウの背中にぴったりと寄せる。

「ツル兄、行って!」とアサコ姉が嬉しそうな声で砂浜の上をぴょんぴょん飛び跳ねながら叫ぶ。それにこたえるように波の上で光が跳ねている。首をすっと前に伸ばしてウミガメがまたゆっくりと進み出す。今度はアサコ姉が、ツル兄の甲羅の上でぴたりと寄り添いあったケンイチロウとセツコのあとを追う。仲間に入れてほしいというように、その三人を波が次々と追いかけていく。

海は光を浴びて銀色に輝く鏡のようだった。太陽だけを映し出すためにあるようなその巨大な鏡の下に、太陽の光が届かない暗く冷たい世界があることをセツコはまだ知らなかった……


セツコは手に持ったお茶碗をテーブルの上に置くと、窓の外を見つめた。まだ夜は明けていなかった。

＊

ナオコ婆の次の訪問のとき、セツコはそのときがもうそこまで来ていることを知った。ツル兄の介護保険申請手続きが行なわれたことを知って、ナオコ婆はとても喜んだ。それは必ずしもほんとうのことではなかったが、全面的なうそだというわけでもなかった。ナオコ婆を安心させるのが何よりも大切なのだ。そうセツコは自分に言い聞かせた。

「セツコさん、ほんとうにありがとう」とナオコ婆が言った。その声には力がなかった。

圧縮酸素を吸入するカニューレは鼻につけてあったが、呼吸はどこか苦しそうだった。

「どういたしまして。ナオコさん、少しつらそうだけど、大丈夫ですか？」

「大丈夫よ。これでわたしも安心して海に帰ることができるわ。もうこれもいらなくなるわね」と言って、ナオコ婆はカニューレに指をかけて鼻から外そうとした。

その手をセツコはそっと押さえた。ナオコ婆の手は冷たかった。

「ダメですよ。まだ外しちゃいけませんよ」

「セツコさん」とナオコ婆は訴えかけるような瞳でセツコを見上げた。

「はい」

「わたしね、海に帰る前にチョウザブロウさんにご挨拶しておきたいの」

「え？」

「わたしの代わりにチョウザブロウさんのお墓に行ってくださるかしら？」

「どうしてですか？」

「お別れを言いたいのよ」と言って、ナオコ婆は目頭を押さえた。

それを聞いて、セツコはひどく驚いた。最初の夫チョウザブロウが海の底をさまよっているとナオコ婆がつねづね言ってきたのを知っていたからだ。ナオコ婆があれほどまで海の底に帰りたいと言うのは、そのチョウザブロウに会いたいがためだとセツコは勝手に思い込んでいた。『人魚姫』の人魚は死ぬまで王子のことを思っていたではないか。

しかし『人魚姫』とちがう幸福な結末をナオコ婆が迎えることを心から願うのなら、ナオコ婆がいつまでもチョウザブロウの影を追いかけていると考えるのは実はおかしな話だった。ナオコ婆は彼女をこの浜辺に置き去りにしたまま海の上をほっつき歩き、しまいには戦争という嵐に呑み込まれて藻屑と消えた心のない王子チョウザブロウの記憶にいつまでも呪縛されてはいけないのだ。それなのにセツコはナオコ婆とチョウザブロウの再会を心のどこかでずっと信じていたのだ。そんな矛盾に気がつきもしなかった自分にセツコは呆れた。

「わたし、足がこんな状態でしょ。だからもうずっとお墓には行っていないの。わたしの代わりに行ってくださるかしら?」とナオコ婆は言った。いまにも消え入りそうな小さな声だった。息が苦しそうだった。しかしそれは病気のせいばかりではなかっただろう。

「なんて言えばいいですか」と訊くセツコの声は震えていた。セツコは泣きたかった。

「チョウザブロウさんに伝えてください。『長いあいだありがとうございました』って」

そう言うと、ナオコ婆は大きな瞳を閉じた。ナオコ婆の震える長いまつげの先から、透明な羽根をはばたかせて蝶がふわっと舞い上がった。震えていたのはまつげだけではなかった。蝶もまたぶるぶると全身の輪郭を震わせながら、重たい霧のなかに迷い込んでいき、ふっと溶けるようにしてそのまま姿を消した。

「セツコさん」とナオコ婆が言った。

「はい」

「お墓の場所、わかるかしら？　軍人墓地に入って右側の三列目の……」

「わかっています」とセツコは言った。

「そう……それでね、あの人、すごく焼酎が好きだったから……」

「わかってますよ」とセツコは目の下をぬぐいながらうなずいた。「心配しないでください。ちゃんと焼酎も持って行きます。ちゃんとわかってますから、心配しないでください」

＊

小さなころ朝早く目が覚めると、セツコはよく墓参りに行くチョウ爺のお供をした。集落の山側に作られた軍人墓地には、チョウ爺の三人の息子が眠っていた。必ずしも仲のよかった兄弟ではなかったかもしれないが、三人の墓石は右から左に長男、三男、四男と肩をそろえて同じ一列に並んでいた。

軍人墓地の墓石はどれもこれも先が尖っていて、空という形のない大きなものに向けて次々に打ち込まれた大きな釘のようだった。しかし、それだけの数の釘を打たなければ留めることのできないものとはいったい何なのかがセッコにはよくわからなかった。どの墓も見た目がそっくりだった。そこにどんな人たちが眠っているのか、写真のほとんど残っていない自分の父親を含めて具体的な顔を想像することができなかった。

チョウ爺は墓に行くときにはいつも手に焼酎瓶をぶら下げていた。「あの三人のなかでは、おまえのオトウがじいちゃんに似ていちばんの焼酎飲みじゃった」とすだれ眉毛をゆるめてチョウ爺は笑った。ところが、墓地に着くと、その三つの墓のまわりはすでにきれいに掃除され、打ち水された墓石は朝の光につややかに光っているのだ。しかも墓前に備えられた三つの湯吞みはいつもぎりぎりまで満たされていた。いったい誰がこんなことをしてくれるのか、もちろんセッコにはわかっていた。「毎朝、忘れんで来てくれて、ありがてえことじゃ。ええ？」とチョウ爺はすっかり無口になった三男坊に話しかけた。チョウ爺はその三つの湯吞みに入った焼酎を一杯ずつ喉を鳴らしながらうまそうに飲み干すと、自分の持ってきた焼酎瓶から新しく注いだ。そして真ん中の湯吞みの中身を空けるときはいつも、「ええ？　おまえ、いいカカをもらったもんじゃのお」とチョウ爺は生きていたときの風来坊ぶりがうそのようにぴくりとも動こうとしない息子に向かってほほえんだ。

その「カカ」が誰なのか、セツコはチョウ爺に尋ねたことはなかった。ただセツコはお父さんの墓の前でしゃがんで手を合わせているその姿を何度も見かけていた。

用務員のナオコさんはチョウ爺の姿を認めると腰を上げ、深々と頭を下げた。セツコはナオコさんのところに駆け寄って行きたかったのに、なぜかいつもチョウ爺の足にしがみついて隠れようとしてしまうのだった。セツコはチョウ爺の背後からおずおずとナオコさんの顔を見上げた。やっぱり見えた。学校や道で会うときに、ナオコさんがセツコに向ける光に満ちたまなざしの奥に不意に現われるあの暗い沼がそこにあった。

チョウ爺の声が聞こえた。「ありがとうの……」。見上げると、チョウ爺の顔は焼酎のせいで少し赤らんでいたけれど、その声のどこにもほろ酔いのときの軽やかさはなかった。それは重たく響いた。チョウ爺の言葉が、沈黙が、吐息が、やさしさのしずくとなってぽつりぽつりと垂れ落ち、セツコの心を濡らした。「なあんにも悪く思う必要はねえんど……みな生きていかんといかんからのう……みな生きていかんといけんからのう……」。するとナオコさんはチョウ爺にもう一度頭を深々と下げて、軍人墓地をあとにするのだった。

セツコは訊きたくても我慢した。チョウ爺を困らせたくなかったからだ。チョウ爺がつらそうなため息をつくのはもう聞きたくなかったからだ。

チョウ爺はちゃんとセツコに説明してくれたではないか。お父さんが戦争で死んでしまったこと。お父さんの兄弟だけでなく、お父さんの妹たちのだんなさんも戦争で死んだこと。そのためにチョウ爺を頼って、チョウ爺の家にはたくさんの家族が住んでいること。そこにさらにお母さんとお兄ちゃんと自分の三人が住むことはできないこと。お母さんに新しいだんなさんが見つかったこと。そこのおうちが跡取りを必要としていること。跡取りというのは男の人だから、お兄ちゃんが連れて行かれたこと。

だからといって、どうして自分だけが置いていかれたのか、置いていかれなければならなかったのか、セツコにはやっぱり理解できなかった。お母さんが出ていった日のことは覚えていなかった。それでもセツコは誰が自分のお母さんなのかわかっていた。大人たちの話に聞き耳を立てていたからかもしれない。チョウ爺が教えてくれたからなのかもしれない。友だちの誰かが何の気なしに漏らした言葉を聞き逃さなかったからなのかもしれない。いずれにしても知っていたのだ。チョウ爺もほかの誰も、再婚してよその家に嫁いだからといって、その人のことを「お母さん」と呼んではいけない、とセツコに言ったわけではなかった。誰が禁じたわけでもない。それなのにセツコはすぐそばにいたその人のことを一度も「お母さん」と呼んだことはなかった。

＊

セツコは切なかった。もう我慢できなかった。だからあのとき、お父さんを探しに行ったのだ。アサコ姉とセツコが小学校三年生だったときだ。ウミガメになったツル兄がお父さんの親友で、自分とアサコ姉と同じように何をするにもいつもいっしょだったこと、戦争のときもお父さんと同じ場所に行っていたことは知っていた。アサコ姉と二人で海岸にアオサ採りに行くたびに、砂浜でじっとしたまま海に向けて首を伸ばしたウミガメを見ながら、セツコは思った。

　どうしてツル兄はひとりだけで帰って来たのだろうか。どうしてお父さんを置き去りにして帰ってきたのだろうか。

　いくら尋ねても、口をぐっとつぐんだウミガメからは返事は返ってこなかった。しかし水平線の向こうを覗き込むように伸ばされた首を見れば十分だった。ツル兄は置き去りにしたわけではないのだ。ツル兄は待っているのだ。お父さんは置き去りにされたわけではない。きっと何かの都合で帰るのが遅れているだけなのだ。お父さんは少しおっちょこちょいで寄り道ばかりしたがる人だったと大人たちが言っていたではないか。それに軍人墓地にあるあのお墓のなかには、何も入っていないとチョウ爺も言っていたではないか。

しかしセツコはもうただ待っているだけではいやだった。だからセツコはウミガメのかたくて大きな背中にすがりついて泣いたのだ。人のやさしさそのもののように丸い甲羅に突っ伏し、泣きじゃくりながら頼んだのだ。「お父さんのところに連れて行って……お父さんのところに連れて行って……」。それに驚いたアサコ姉も何かに打たれたようにわんわん泣き出した。アサコ姉はセツコといっしょになって甲羅にしがみついて、怒ったときのように胸の底から声をきしり出して叫んだ。「ツル兄、セッチャンをお父さんのところに連れて行ってあげて！　お願いだから！　セッチャンをお父さんのところに連れて行ってあげて！　連れて行ってあげて！」

まるで逡巡しているかのように、しばらくのあいだウミガメは首を甲羅のなかに引っ込めていた。その大きな甲羅を泣きじゃくる二人の涙で濡れるに任せていた。それが不意にひょいっと首を伸ばし、動きはじめた。アサコ姉ははっと甲羅から顔を上げた。「セッチャン、セッチャン」とセツコの肩をゆすって呼んだ。セツコは何が起こったかわからないまま顔を上げた。「セッチャン、早く、早く」と呼びかけながら、真剣な顔つきになったアサコ姉はすばやくセツコの背中にまわって、セツコを甲羅に押し上げた。

セツコを甲羅に乗せたウミガメは打ち寄せてくる波に向かって進んでいった。波はだんだんと厚みを増してウミガメを押し返そうとしたが、セツコの決意を背負ってますます重たくなったウミガメはびくともしなかった。ウミガメの顔や体に打ちかかる泡だちは、引き返すのだ、来てはいけない、と執拗にざわめいたけれど、ウミガメの岩のような体とそれ以上にかたいセツコの決心を前に、むなしく弾け、消え散るだけだった。「セッチャーン、がんばってぇえ！」とアサコ姉が背後から叫んだ。セツコはその声に振り返った。

砂浜の上をぴょんぴょん跳ねて手を振るアサコ姉の背後にセツコは見た。町長が乗る黒塗りの公用車が道路を走っていた。車はいつものようにナオコさんの家に向かっているのだろう。迎えに来たのか、それとも帰ってきたところか、セツコにはわからない。セツコはぎゅっと口を真一文字に結ぶと、前を向いた。水が顔に襲いかかった。ウミガメとセツコはすでに海のなかにいた。振り落とされないようにセツコは甲羅のふちをぎゅっとつかんだ。ウミガメはゆっくりと水に潜っていった。

＊

……セツコは覚えている。海のなかははじめ光に満ちている。見上げると、空いちめんが大きな透明な膜で覆われている。それがゆらゆらと揺れるたびに、通り雨のように光が降り注ぎ、すぐにどこかに消える。空が曇っていくようにまわりが次第に暗くなっていく。水が体全体に重くのしかかってくる。水に溶け込んだ闇が手を伸ばしてセツコの体のなかにある闇といっしょになろうとする。海の底に住む見えない影たちのひんやりとした沈黙の触手がセツコの足に執拗に絡みつく。気がつくと、ツル兄は首を引っ込め、手足を甲羅にぴたりとくっつけて、丸い石のようになっている。その闇と沈黙を塗り固めたような重たい石はセツコをぐんぐんと沈めていく。息苦しくなってセツコはあえぐ。あたりは完全な闇に包まれている。いまや真っ黒く塗りつぶされた空から粉雪のような白いものがゆっくり静かに落ちてくる。それはセツコを追い越して、ぽっかりと口を開いた深みへと吸い込まれ、またたくまに消える。海の底がとてつもなく大きく深いところだということをセツコは知る。お父さんが置き去りにされたわけでもなければ、どこかで道草をしているわけでもないことがわかる。お父さんがほんとうに遠いところにいることがわかる。一生かかってもたどり着けないような遠いところにいることが。お父さんだって早く帰ってきたいのだ。お父さんはこの浜辺に通じる道を知っている。しかし道はあまりにも長く、お父さんはいつまでたってもここに戻ってくることができないのだ。セツコは悲しくなる。急に体から力が抜けていく。

そのときだった。沈黙の丸い石となってセツコといっしょに沈んでいたツル兄の首が不意に甲羅から飛び出す。遠くから届いてくる何か小さな声を注意深く聴き取ろうとツル兄は目をぎゅっと閉じ、首を見えない空に向けて伸ばす。まだ聞こえない。ツル兄は鳥が翼を広げるようにさっと両手を横に伸ばす。闇で重たくなった水などものともせずに、ぐいぐいと両手を力強くかいて、かいて、上昇する。追いすがる影たちの金切り声をうしろ足で蹴り飛ばし、くるくる回転しながら舞い上がる。ツル兄は音を追いかけて、上へ上へとまるで空から落ちるような勢いで進んでいく。ツル兄が首をかしげて甲羅の上のセツコを見る。セツコはうなずく。セツコにもはっきりと聞こえる。

セツコは顔を上げる。水と親しげに溶け合った白い光が乳のようにあたたかい膜となってセツコを包み込む。その膜の向こうから、あの声がいまや歌声のようになってセツコを呼んでいる。ツル兄は全身に力を込め、最後に両手を大きくひとかきする。その瞬間、セツコは大きな声で叫ぶ。口のなかに水がどっと押し寄せる。やわらかいけれど抵抗力を備えた水の膜がついに破れる。

白い光が顔を打つ。膜の向こうからセツコを呼んでいた歌声とセツコの叫びがひとつになる。そうやって生まれた新しい音楽がセツコの外側からも内側からも響き渡る。そのメロディーに透明な羽根を震わせながら、蝶が空いっぱいに散り広がっていく。その無数の羽根をやさしく濡らす音の波に運ばれて、セツコはゆっくりと意識を取りもどす……

……セツコは目を開けていた。そこにあった。何かがいた。そこから声が聞こえていた。その声はセツコに向けられていた。声だけではなかった。濡れて光るものがセツコを見つめていた。瞳だった。「セツコ、セツコ」とその声は呼んでいた。それは聞いたことのある声だった。ずっと聞いてきた声だった。セツコは首を動かして横を見た。ウミガメの姿があった。心配そうに首を伸ばしてセツコを見ていた。いったいいつのまにウミガメは自分を海から連れ戻してくれたのか、セツコは思い出せなかった。「セッチャン、セッチャン、セッチャン」と泣き声が聞こえた。ウミガメのすぐ横にしゃがんだアサコ姉がセツコの顔を心配そうに覗き込んでいた。セツコの体は温かかった。陸に戻ってきたのに、体はまだ浮かんでいた。温かい熱の皮膜にくるまれて浮かんでいた。セツコは肩のうしろにまわされた腕のぬくもりを感じていた。肩を握ってセツコをやさしくゆっくりとゆする手のぬくもりを感じていた。ぽたり、ぽたり、とセツコの頬に垂れ落ちてくるものがあった。セツコは上を見た。セツコを見つめる顔には、ぐっしょりと濡れてくしゃくしゃになった髪がまとわりついていた。「セツコ、セツコ」と呼ぶ声が聞こえた。澄みきった沼のような大きな瞳からも水が溢れ出していた。自分の頬を濡らしているのが、その瞳からこぼれ落ちてくる水なのか重たく濡れた髪の毛から垂れてくる水なのかセツコにはよくわからなかったけれど、それは温かくて心地よかった。セツコはにっこりと笑った。セツコは耳から乳のように親密で温かい歌が流れ込んでくるのを感じた。体のなかが満たされていった。その決して途切れることのない流れがセツコの体の底で冷たくこわばっていたものを溶かしていった。熱でふくらんだ何かがゆっくりと押し上げられていた。ずっと言いたかったけれど言えなかった言葉がセツコの口を動かそうとしていた。セツコは動かしたつもりだった。しかしセツコには自分の声は聞こえなかった。流れつづける歌の合間に「セツコ、セツコ」と呼びつづける声だけしか聞こえなかった。深い安らぎを与えてくれるその声にくるまれ、運ばれて、セツコは静かに目をつむった……

＊

音がした。幾重にも折り重なった波の奥から響いてくるような鈍い音だった。セツコははっとして目を開けた。テーブルの上に置いていた携帯電話が鳴っていた。電話はアサコ姉からだった。その日、十時からのナオコ婆の訪問の担当はアサコ姉だったのだ。アサコ姉の声はどことなく不安そうだった。

「どうしたの？」とセツコは訊いた。

「セッチャン、いまどこ？　ナオコさんがすぐにあんたに来てもらいたいって」

「わかった。すぐに行く」

＊

ナオコ婆はベッドに腰をかけるように座ってセツコを待っていた。その脇にアサコ姉が心配そうに立って、ナオコ婆の肩や背中をさすっていた。畳の上にそっと置かれたナオコ婆の両足は、廃屋に脱ぎ捨てられた靴のようにどこか寄る辺なかった。部屋のどこかに小さな破れ目ができて、そこから空気が抜けていくような音がしていた。酸素濃縮装置のスイッチは切られていた。ナオコ婆は鼻からカニューレを取り外していた。痛々しい吐息がナオコ婆の口から漏れていた。

「どうして？」とセツコはアサコ姉に訊いた。

「どうしても外すって言ってきかないのよ」とアサコ姉が困惑を顔に浮かべて答えた。

「それですぐにあんたに来てもらいたいって」

「どうして？」とセツコは訊いた。ナオコ婆の前に膝をついた。そのやせた太股にそっと片手を乗せ、ナオコ婆の顔を見上げて訊いた。「どうしてこんなことをするの？」

「来てくれてありがとう。うれしいわ」と小さな声で言ってナオコ婆はセッコにほほえみかけた。波に消される砂の上の模様のように、かすかなほほえみは苦しげな呼吸の音にかき消された。「セッコさん。とうとう海に帰るときが来たの」

「どうして？」とセッコはナオコ婆の足をさすりながら訊いた。しかしその声は小さすぎてナオコ婆にもアサコ姉にも聞こえていなかった。「どうしてまたわたしを置いていくの……？」

「セッコさん、浜に連れて行ってくれるかしら？」と言って、ナオコ婆は静かに目をつむった。しかしその長いまつげのどこにも光の粉できらめく透明な羽根を持った蝶はいなかった。

セッコはアサコ姉を見上げた。アサコ姉はナオコ婆の肩をなでていた手を止めて、セッコを見つめた。

「なあセッチャン。気の済むまでやらしてあげようや」と言って、アサコ姉はほほえんだ。

「心配しないでいいから。連れて行ってあげようや。あんたがそんなに不安がってどうするのよ」

セッコはうなずいた。

「じゃあナオコさん、すぐに用意してくるから待っててくださいね」とアサコ姉はナオコ婆の肩口に体をかがめて言い、玄関へと急いだ。玄関には折り畳み式の車椅子があった。アサコ姉は手際よく車椅子を用意すると、すぐに寝室に戻ってきた。

「ほら、セッチャン」とアサコ姉がセツコの肩を押した。「もう、ぼーっとしてないで」

セツコはナオコ婆の前に背中を向けてしゃがんだ。ナオコ婆はアサコ姉の手を借りて、セツコの肩から首に手をまわし、セツコの背中にそっと全身をあずけた。セツコはゆっくりと体を起こした。まるで空気の精になったかのようにナオコ婆の体からは重さというものが失われていた。セツコは泣きそうになった。セツコは背中にナオコ婆をもっと強くしっかりと感じたかった。自分自身のぬくもりを伝えたかった。

ナオコ婆を乗せた車椅子を押して、セツコは玄関を出た。あとから出てきたアサコ姉は、玄関を閉めると、小走りで二人を追い越し、通りやすいようにと門のところに覆いかぶさったソテツの葉を押しのけた。

「わたし、ちょっと社協に行ってくる。セッチャン。こうやって浜の空気にあたるのも体にいいとは思うけど、ずっと外に出してたらだめよ。日差しがけっこうきついから。三十分くらいで切り上げたほうがいいよ。用事がすんだら、わたしもまた様子を見に戻ってくるけど、何かあったら電話して」

それだけ言うと、アサコ姉は自分の車に乗って、ナオコ婆の家をあとにしたのだった。

*

たしかに暑い日だった。セツコは玄関に戻って日傘を取ってくると、車椅子のナオコ婆の上に差しかけた。人の乗った車椅子を押しているという感覚がなかった。車椅子はそれ自身意思を持っているかのように勝手に転がっていく。道路沿いにしばらく行くと、防波堤の切れ目がある。コンクリートでできた階段とスロープがあって、そこから砂浜に下りることができた。

車椅子は目の細かい砂に車輪を取られることもなく、体では感じ取れないほどのゆるやかな傾斜なのに海に向かって転がり落ちるように進んでいく。まるで海に帰りたいというナオコ婆の強い決意を車椅子ばかりでなく砂浜までもが聞き届けたかのようだった。砂の一粒ひとつぶが先を急ぐ車輪を後押しする。置いていかれないように、セツコは車椅子を握る手に力をこめなければならなかった。

突然、車椅子がぴたりと止まった。

「ツルさん……」とナオコ婆が声を漏らした。

ナオコ婆の声は小さかったし、浜辺は波音で満たされていた。陸を歩くときのよたよたした不自由さから解放されて、空を自在に舞うカモメたちはうれしそうにしきりに口を動かしていたけれど、浜に飛び散る波音のすべてを食べつくすことはできなかった。だからウミガメにはナオコ婆の声は聞こえなかったのかもしれない。しかし二人のあいだには六十年近くのあいだ、いやそもそも最初から、言葉など必要なかったではないか。

銀色の波と黒い砂を跳ね上げながら、陸の上では突如重たくなる体を反転させて、ウミガメは海のほうを向いた。セツコはウミガメのすぐ近くまで車椅子を押して行った。

「ありがとう」とナオコ婆が言った。

ウミガメは黙って目を閉じていた。海の上を憑かれたように激しく踊る光がまぶしかったのかもしれない。ナオコ婆の声に耳を澄ませていたのかもしれない。セツコにはわからなかった。沈黙そのもののような甲羅にセツコの思いは吸い込まれていくだけだった。

「長いあいだほんとうにありがとう」とナオコ婆が海を見つめながら言った。「とうとう連れて行ってくれるのね」

海はまるで内側から何か大切な言葉を発するかのように白くきらめいていた。背後の山の緑が不安そうにざわめいていた。雲などどこにもないのに、雨が降るときの熱を含んだ重たい風が海から山へ山から海へと吹いていた。そうやって何か目に見えない思いのようなものを運んでいるのだろう。視線を交わさなくとも、口にしなくても伝わるものもある。

しかし言葉にしなければ伝わらないものもある。伝えるために言葉にしたいものがある。セツコはどうすればいいのかわからなかった。日傘を握る手から力が抜けた。海から風が吹いてきて、セツコの手から傘を奪い取った。傘が砂浜の上を転がっていった。セツコは慌てて、砂浜を舞う傘を追いかけた。

それがナオコ婆の願いを聞き届けた海と山のたくらみだったのかもしれない。その一瞬の隙をつくようにして、山からもっと強い風が吹きつけてきた。傘を拾い上げたセツコがはっと振り返ると、その風に押し出されるようにナオコ婆の体が車椅子からふわっと浮き上がり、そのまま前につんのめった。ナオコ婆はウミガメの甲羅にしがみつくように倒れ込んだ。

「ナオコさん！」とセツコは叫んだ。しかし海から吹きつけてくる力強い風が、セツコの声をたちまちかき消した。その風を受けて、帆のようにふくらんだ傘は、セツコをぐいぐい引っぱる。まるでセツコを波打ち際から遠ざけようとしているかのようだった。セツコは傘から手を離そうとした。

ところが、傘を握りしめた手がどうしても開かなかった。風は勢いを増し、次から次にものすごい力で傘を殴りつけている。それなのに、まるで何かにすがりつこうとするように、セツコは傘から手を離すことができずにいるのだ。それが自分の意志なのかどうかさえセツコにはもうわからなかった。まわりで起こっていることとは無関係にただ大地に突き刺さっている杭のようにその場に突っ立っていることしかできなかった。

　セツコは風に混じった細かい砂粒に顔を激しく叩かれながら、必死に目を凝らした。波のあいだをナオコ婆を背負ったウミガメが海に向かって確実に進んでいた。ナオコ婆はウミガメの甲羅にぴったりと体をあずけていた。セツコにはどうすることもできなかった。ナオコ婆に向かって叫ぼうにも風のせいでまともに口を開けることすらできなかった。息ができなかった。いや、胸がこんなにも苦しいのはそれだけではない。

　ウミガメの体はいまやすっかり水のなかに隠れてしまっていた。ナオコ婆が波の上にうつぶせになっているのが見えた。ナオコ婆を沖へと運ぶ波の飛沫は、光を浴びてきらきらと輝き、そのために透明な羽根を持った蝶の群れがナオコ婆の上を舞い踊っているように見えた。蝶たちに見送られながら、ナオコ婆は海の底に帰っていこうとしていた。

　さらに強い風が吹いてきて、セツコの顎を殴りつけるように打った。同時に頭のなかで何かが壊れるような音がした。そのとき、手から傘が離れた。たちまち傘はどこかに飛んでいった。頭がずきずきした。砂の上に目をつぶってしゃがみ込んでいた。セツコは目を開けた。涙のせいで何もかもがぼんやりしていた。何かが動いていた。車だ。防波堤の向こう側の道路を車が走っていた。見たことのある車だった。車が止まった。何かが近づいてくる。それは砂に足を取られ、転ぶ。しかしすぐに立ち上がって、走る。何か聞こえる。輪郭をぶるぶると震わせた音が耳を打つ。いや、それは声だ。その声が形を取り戻してセツコの意識を叩く。

「セッチャン！　セッチャン！　セッチャン！　セッチャン！」

アサコ姉だった。アサコ姉が必死の形相をして走っている。セツコの名を狂ったように呼んでいる。

セツコは、はっと我に返った。飛び上がるように起き上がった。

「セッチャン！　セッチャン！　あんた何をやってんの！　バカ！　バカ！　ナオコさんが……ナオコさんが……」

セツコはアサコ姉の言葉を最後まで聞いていなかった。セツコは海に向かって走った。全力で走った。海からの風も山からの風ももうセツコを止めることはできない。砂に足を取られ、セツコは転ぶ。すぐに立ち上がって走り出す。セツコは叫んでいる。声を限りに叫んでいる。セツコは水を激しく蹴り立てて海のなかに駆けていく。波がセツコの足に絡みつく。セツコは倒される。すぐに立ち上がってまた走り出す。別の波がセツコの足をなぎ払う。セツコはまた倒される。塩辛い水が目に滲みる。鼻の奥を焼く。それでもセツコの叫びを押しとどめることはできない。セツコは立ち上がる。波に体当たりする。両手で波をかきながら叫びつづける。

セツコはウミガメの姿を見つける。水はセツコとナオコ婆のあいだを隔てることはできない。セツコは甲羅の上のナオコ婆にしがみつく。ナオコ婆の腋の下に手を入れて引っ張る。ナオコ婆の体はすっと甲羅を離れる。セツコはナオコ婆の体をかかえ上げる。透明な羽根を持った蝶たちが光の粉を撒き散らしながら二人を取り囲んで舞う。

セツコはナオコ婆の体を抱きかかえて水のなかを歩いた。体が重かった。息が切れていた。ようやく波打ち際にまでたどり着くと、ナオコ婆を胸に抱いたままその場にへたり込んだ。息をのんでその様子を見守っていたアサコ姉が脇に膝をついて、ナオコ婆の顔を覗き込んだ。

「ナオコさん！　ナオコさん！　ナオコさん！」とアサコ姉は呼びかけた。

ナオコ婆は返事をしなかった。水でぐっしょり濡れた顔の上の大きな瞳は閉じられたままだった。

セツコは力をふりしぼって膝の上のナオコ婆をぐっと抱きしめた。壊れてしまいそうな小さな体だった。セツコは必死に呼んだ。喉が嗄れて声にならなかった。それでもかまわない。セツコは呼んだ。

セツコの声にならない声を波の音も風の音もかき消すことはできなかった。アサコ姉にはたしかに聞こえた。それがナオコ婆に聞こえないはずがなかった。

ほっとして、アサコ姉は目を上げた。海の上でウミガメの姿が小さくなっていった。誰も乗っているはずのないウミガメの甲羅の上にアサコ姉は見た。ウミガメは連れて行くのを忘れていなかった。遠ざかっていくその背中の上で、透明な羽根を揺らしながら蝶の群れが踊っていた。その光り輝く乱舞のなかに抱擁されているものが何なのかアサコ姉にはわかった。アサコ姉の声にこたえるように蝶たちはさらに大きくきらめいた。

「ツル兄、ありがとう!」

日はずいぶんと高くなっていた。海を渡る風がますます熱を帯びて、ナオコ婆とセツコの濡れた二つの体をやさしくひとつに包み込んだ。その風に運ばれて、ウミガメといっしょに沖に向かっていた蝶のうちの一匹が舞い戻ってきて、ナオコ婆の水で濡れた長いまつげにそっと止まった。閉じられた二枚の羽根は風に揺れていた。

蝶は透明な羽根をゆっくりと広げた。その葉脈のような模様に、水のようにやわらかい光が流れ込み、羽根が輝く。ナオコ婆が目を開けていた。ナオコ婆の大きな瞳には、口を動かしつづけるセツコの顔が映っていた。大声をあげて泣く赤ん坊のように顔の線という線がくしゃくしゃになっている。セツコの顔はそのまま溶け出し、あたたかい流れとなってナオコ婆の瞳から溢れる。血の気を取り戻しはじめた頬の上を濡らす。それはセツコも同じだった。セツコの瞳に映っているのはもうナオコ婆ではない。生まれてはじめて覚えた言葉で呼んだ人、乳といっしょにその言葉を口にふくませてくれた人だった。それぞれの瞳から溢れ出した二人はたがいに呼びあいながらひとつの流れとなってどこまでも広がっていく。

「セツコ」とナオコ婆は呼んだ。「セツコ、セツコ」

あの言葉が、ずっと言いたかったのに言えなかったあの言葉がセツコの口を動かしていた。聞こえなくてもいい。声にならなくてもいい。すべてを伝えるためにセツコは呼びつづけた。

マイクロバス

重い雨雲の裾をつかんで離さない入り組んだ海岸線を三日三晩に及ぶ格闘の末に振り切って、台風8号が日本海に抜けた日の朝、信男のマイクロバスが廃墟と化した豚小屋の前まで来ると、そこにはくすんだ銀色の軽自動車があった。

山から風が吹き、地面を覆う青草の尖った先端が、たゆたう朝の光の底をくすぐっていた。きらきら輝く光の砕片と見紛う羽根に運ばれて小さな虫たちがゆうらゆうらと舞い上がった。雲から解放された空が、暴風に色まで持っていかれたことは明らかで、見上げる視線が触れるだけで破れてしまいそうなほど澄み渡っていた。だから信男はただまっすぐに正面を見つめなければならなかったのだろう。たとえ厚いフロントガラスにさえぎられているとはいえ、視線が直接上空に突き刺さって空を、そしてその向こうにあるものを傷つけてしまうことのないように。しかしそれでは、豚小屋のトタン屋根を完全に引きはがし、その梁と柱をむき出しにしたのが、まるで信男の凝視の力であるかのようではないか。

国道388号線から離れて小さな脇道に入り、茶枯れた枝が目につく杉の木立のあいだを抜けると、この豚小屋にぶつかった。ヨシノ婆《ばあ》のところに行くには、ここに車を置き、雨が降ればたちまちぬかるみ、藪蚊の音と影が振り切れないいやな思い出のように耳元にまとわりついてくる細い道を歩いていかなければならなかった。

ほどなくしてその道からアサコ姉《ねえ》が現われた。

こんこんと音がした。アサコ姉が運転席の窓を握りこぶしで軽く叩いていた。

「おはよう」とアサコ姉が言った。

信男は窓を下ろした。と途端に、蟬の鳴き声が信男のまわりに壁を作りはじめた。アサコ姉の声がはじめよく聞き取れなかった。アサコ姉の問いにためらいがあったからかもしれない。

「ひょっとしてノブくんはこれから仕事か？」

アサコ姉はたぶんそう言った。

何も返事をしない信男に向かって、アサコ姉は自分の頭を指差した。

「ちがう、ちがう、わたしの頭じゃねえ。ノブくんの頭」

信男は頭に手をやった。冷たく硬い感触が指の腹にあった。信男は作業用ヘルメットをかぶっていた。そのつるつるした硬い表面に、まさにヘルメットで保護していなければ気絶していたかもしれないくらい激しい勢いで、蟬の声が降りかかっていた。しかし信男を囲う音の壁の一刻も早い完成を急ぎながらも、機械的で単調なその蟬の声は時間までも細かく断裁し、壁のなかに塗りこんでしまっていたので、時間が流れず、壁は永遠に完成しないのだった。そのような中途半端な壁をもってしては、ヨシノ婆の家の裏手にある工事現場の音が信男の耳にまで届くのを妨げることはとうていできなかった。

「ノブくん、ちょっとよけてくれるかな？　そこにノブくんのバスがあったら、わたしの車が出られん」

マイクロバスは国道388号線から養豚場の跡地へと続く道をふさいでいた。アサコ姉の車を通してやるには、打ち捨てられた畜舎の前の草がぼうぼう茂ったこの空き地にそのままマイクロバスの頭をもう少し突っ込んで、道をあけてやればよかった。

それなのに信男はマイクロバスをわざわざバックさせた。四、五〇メートルほどしかないとはいえけっしてまっすぐでも平坦でもないこの細い道を、マイクロバスが移動しているあいだも信男はまっすぐ前を向いたままだった。振り向きもしなかったし、ルームミラーで後方を確認しているようにも見えなかった。目の前の豚小屋は壊れたままだった。信男の頭の位置はふだん運転しているときとまったく変わらなかった。豚小屋の柱の位置も変わらなければ、柱の数が増えることも減ることもなかった。視線は触れるものを壊すだけで、壊れたものを作り直すことはできなかった。いや、壊すことすらできず、触れるものを中途半端にしか作り直せないので、目に映るものはすべて作り損ねられたものであり、ゆえに本当は、目に見えている事物や現象とはまったく異なるものでこの世界は埋め尽くされていなければならなかった。マイクロバスがバックしているだけではなく、それ以上に高速で周囲の風景が前進していた。そのために豚小屋はみるみる遠ざかった。マイクロバスと信男はたちまち遠い昔のなかにとり残されてしまった。

そこではまだ、豚たちのひしめきあう体が熱とにおいを放っており、肌にまとわりついてきて離れようとしなかった。そうしたにおい以上に、こすれあう豚たちの体が吐き出す音が、まだにおいや熱気に埋められていないわずかばかりの隙間という隙間をがっつき、よく嚙みもせず丸呑みしていた。いまやたがいに溶けあう無数の豚の体が流動する潮となり、そこに呑みこまれて身動きすることのできなくなっていた信男をぐいと誰かがつかみ、救い出した。どうしたことか父の手だった。家で寝ているはずの父の手が信男の手を引っぱった。信男は驚きもせず、安堵したような表情も見せなかった。豚のうごめく体とふっごふっごと聞こえてくる音に身をむさぼられるに任せていたように、父の手と声に体を預けた。

「こっちじゃ」

しかし、信男はどっちに行ったらいいのかわからないようだった。

あのとき、幼い信男といまよりも三十は若い父は、豚を見に来たのではなかった。豚小屋のまわりを飛び交っていた元気のいい糞蠅が何匹か記憶から飛び出してきて目の付近に止まり、信男はまばたきをした。そのために豚小屋は一瞬現在の廃屋の姿を取り戻して、豚どもが消え、どれがどれのものだともつかない温かそうな体のあいだに挟み込まれていた信男の視線は、その肉の捕縛から解放され、養豚場のすぐ脇にある林のなかに漂い、そこにしゃがんで土を掘り返している若い父の姿を認めた。父の手が黒い土に包まれた。土は柔らかく黒く、濡れて重く、手を呑みこみ、指に染みこんだ。父の傍らに立ちつくした信男にも、掘り出されたすえたにおいが絡みついてきて、逃がれようと信男はそれこそ父の手のなかにあるものと同じように身をよじらせたが、なぜか父は気づいてくれないのだった。

「ほら」と突き出された手のひらの上で、むちむちとした白っぽいものが身をよじらせていた。それは、体を優しく包み込んでくれていた黒く濡れた土を探してというよりは、とにかくここではないどこかに向けて激しく闇雲に自分を放り出そうとしていた。尻だか下腹にあたる部分がいまにも破れ、そこに透けて見えている土と同じ黒いものがはみ出してきそうだった。

「豚小屋の近くの土はの、よう肥えておるんじゃ」と父が言うのが聞こえた。「信男、見とけよ、大きなカブトムシになるからの」

しかし父の声を引き裂き、幼虫の腹を食い破ったのは、すでに遠い潮鳴りのようなざわめきとなりはじめた貪欲な豚たちではなかった。

「ほんとに運転するのが上手じゃなあ」

アサコ姉の声が車のエンジンの音といっしょに蟬の声が作る壁を壊し、軽自動車がマイクロバスとすれちがった。アサコ姉は信男を過去とも現在ともつかぬあわいに置き去りにして国道に出ていった。

マイクロバスはふたたび豚小屋の前の空き地に戻った。しかし豚はいなかったし、においもしなかった。集落でいちばん海から遠い山際にあるこのあたりでも、重なりあう土や草木のにおいの隙間に、腐りかけの魚のにおいを含んだ潮の香を感じ取ることができた。乗降口のドアを開けた状態にしたまま、運転席から降りて信男は待った。

しばらくすると、さっきアサコ姉が現われた小道から、足を引きずりながら小さなヨシノ婆がやって来た。

あれはカブトムシの幼虫を掘りに行った日よりももう少し前のことだったかもしれない。豚がふごふごと唸る音が、前庭にあるソテツの大きく広げられた濃い緑の葉をわっさわっさと揺らしていた。父がシャベルをソテツの根元に力強く突き立てていた。「これが災いのもとじゃ」と父がやはりシャベルを手にしたヨー兄に言うのが聞こえた。まだ婆と呼ばれるほどには髪に白いものが混じってもいなければ顔を深い皺で覆われてもいないヨシノ婆が、ちらっと父のほうを盗み見し、さっと信男の手を取ると、頬に押しあて、においを嗅ぎ、いずれ落ちくぼんでほとんど存在しなくなるのが嘘のように肉厚な唇を押しつけた。「ユンボーを借りてきたほうが早かったの」とヨー兄が言った。「シャベルだけで掘り出すのは骨が折れるど」

信男は手を引かれるままヨシノ婆について行った。信男よりも背の大きな立ち葵が、井戸の脇を通り過ぎていく信男の背中に咲いたばかりのいちばん上の花をじっと向けていた。手を引かれるまま、ヨシノ婆の家のなかに、炊事場の土間に足を踏み入れた。なかは薄暗く、ひんやりとしていた。すべてのものの輪郭がおぼつかなく揺れていた。なのにヨシノ婆の手は、魚のはらわたを取ったばかりのようにひどく生ぐさかった。

ところが、いまヨシノ婆の手を引いているのは信男なのだった。信男は彼女をマイクロバスの車内に乗せた。ほかに誰も乗る者はおらず、そんな必要などなかったにもかかわらず、乗降口にいちばん近い座席についた補助席を倒した。たかが補助席を出すことに過ぎないのであれ、ヨシノ婆のために、そしてそれがほかならぬヨシノ婆だからこそ、何か特別なことをしてやりたかったのかもしれない。

信男はヨシノ婆を座らせると、運転席に戻った。しかしルームミラーのなかにヨシノ婆の姿はなかった。

そのぽっかりとあいた空虚に声が響いていた。

「ヨシノおばやんもかわいそうにの」

父の声だった。その声はもうずっと聞こえていたのに、いまはじめて耳に響いたかのようだった。木立のなかにしゃがんでいた父が手をふたたび動かし、地面を掘り返していた。あるいは、ヨシノ婆の前庭にヨー兄といっしょに立っていた父が止めていた手を動かし、ソテツの根元にシャベルを突き立て、作業を再開した。

ヨシノ婆はもうマイクロバスに乗せた。それでもなお、ハンドルを握りしめて運転席に座った信男は林の方向を見つめたまま待っていた。

しかし父も父に手を引かれた息子も木々の作る蔭のなかから出てこようとしなかった。おそらく、まなざしの力が強過ぎると、そんなまなざしに触れられることを、そしてそうやって壊されることを恐れて何も立ち現われてこようとはしないのだろう。だから何かが目に映ずるためには、それはすでに壊れていなければならない。表情とおぼしきものを欠いた息子の顔の上に喜びが広がるのを見たいと、父はカブトムシの幼虫を掘り出すのに夢中で、自分自身の存在ばかりか、ここに信男がいることも忘れているのかもしれなかった。根元をシャベルで掘っているうちに、その単純な動作の反復があたかも執拗に説得する言葉になって、門のところのソテツを家の裏手に植え替えれば、ヨシノ婆の不幸を一気に祓うことができるのだと父に信じこませ、父の頭にはもうそれ以外のことは——息子がそこにいることも含めて——何も考えられなくなってしまったかのようだった。

信男はクラクションを二度鳴らした。豚と腐葉土のにおいの立ちこめる古い時間はかき消されても、工事の騒音に慣れた鳥たちは木の枝から飛び立ちもしなかった。

＊

ヨシノ婆をマイクロバスに乗せて連れ出すのは、信男にとっていわば日課のようになっていた。しかしそれは、集落の奥でひとり暮らすこの九十近い老婆に信男から言い出したことでもなければ、マイクロバスを運転することしかできない三十五歳の男のことが気にかかってヨシノ婆が頼んだことでもなかった。

ヨシノ婆を連れ出す以前、信男は新道建設の工事現場で警備員として働いていた。そこで働くようになったのは、ある意味で父が倒れたおかげだった。まだ地元の土建会社に勤務していたころ、父は事務所でよく顔を合わせていた警備会社の専務に信男を使ってもらえないかと何度か頼んだ。専務と父はもうずいぶん昔だがいっしょに隧道工事の出稼ぎに行っていたことがあった。わかった、わかったと返事をするだけで何もしてくれなかった専務は、印章や方角やらにこだわる迷信深い人だったせいか、信男の父が脳梗塞で倒れるとにわかに罪悪感を覚えたようで、見舞いにやってくると信男を雇うと約束してくれたのだった。

それなのに夏が来るころには、信男は仕事に行かなくなっていた。警備会社から電話がかかってきて、そのことはすぐに信男の母に知れた。それでも信男はいつもと変わらず、はかったように五時四十分から四十五分のあいだに目覚めると、飯台とテレビのある六畳の間で朝食を食べながら、天気予報を見た。画面に表示された時刻が六時になると、母が用意しておいた弁当を持ち、家を出た。信男の家の前の道は細すぎて車を乗り入れることができなかった。いつでも暗くカビと下水のにおいが消えない狭い道を通り抜け、信男は日当りのいい国道３８８号線へ出た。道の向こう側の防波堤沿いに、駐車場のない他の家々の車と並んで信男のマイクロバスは置かれていた。

仕事に行く代わりに、いったい信男はどこに行っていたのだろうか。ヨシノ婆の家のすぐ近く、廃墟と化した豚小屋の前の草原にマイクロバスがとまっていることにはじめに気がついたのは、ヘルパーをしていたこともあって誰より頻繁にヨシノ婆を訪れていたアサコ姉だったはずだ。

そのマイクロバスの運転席で信男はひとり弁当を食べていた。梅雨で空気がきれいに洗い流され、光の通いがよくなったかのように勢いを増した太陽が照りつけるマイクロバスのなかで、クーラーもいれずにただ窓だけをあけて、額や鼻の頭や頬に垂れ落ちる汗を拭きもせず、弁当箱に覆いかぶさるようにして食べていた。

声をかけても信男が気づかないので、アサコ姉はドアを開けた。ヘルパーの仕事着であるジャージのズボンに社会福祉協議会のTシャツを着たアサコ姉は、肩にかけていた布製のカバンからタオルを取り出した。

「ほら、ノブくん。汗びっしょりになってから」

信男の箸が止まると、アサコ姉はさっと信男の顔をそのタオルで拭いた。そのあいだ信男は抵抗せず、じっとしていた。

「ほうら、すっきりしたじゃろう？」と言ってアサコ姉が微笑んだ。

弁当箱に汗の雫が垂れなくなっても、信男は箸を持つのがひどく下手なので、飯の塊がぽろぽろこぼれ落ちた。信男は座席の上に落ちた飯粒を指で拾い上げては口に入れた。

そこにやはり潰されたような声がくっついていた。しかしはっきりと聞こえた。

「こんなに食いこぼして」

父の声だった。その声が差し向けられた信男は五歳くらいだったかもしれないし、ついきのうのことであっても何の不思議もなかった。その何歳でもありうる信男が座ったまわりに散らばった飯粒を指差して父は言った。

「豚を連れてきて食わせるど」

豚に食われる――自分が落とした飯粒が？　それとも自分自身が？――のが恐ろしくて、信男は食べられる前に必死に食べたのだった。すると突然、飯が粘着性を増して、口のなかにまとわりつき、顎を動かすたびに、くっちゃくっちゃと大きな音を立てた。

「そんなに音を立てて食べたらいけん」と母の悲しそうな声が聞こえ、そこに父の声が重なった。「豚のような食い方をするな。豚になるど、豚に」

しかしそうした両親の声はくっきり聞こえるがゆえに、はっきりとした形を備えているがためにかえって、歯に潰され砕かれ、くっちゃくっちゃという音にたちまち呑み込まれ、赤紫色の舌のうねりのなかに見えなくなってしまうのだった。何歳でもありうる信男は突然、人間でも豚でもありうるのだった。豚になるのが怖かったからなのか、それとも本当に豚になりたかったのだろうか、飯粒はますますこぼれ落ち、するとまわりの空間が硬いざらざらとする壁となって迫り、そこにつきたての餅でも投げつけているかのように、そしてその壁が、耳掃除をしてくれる母がいつも呆れるくらい垢の多い耳の奥にある鼓膜にほかならないように、くっちゃくっちゃとさらに大きな音が響き渡り、嚙みしだかれ、さらに粘度のきつくなった飯は、過去や現在から声をひっつけてきて、信男は両手で耳を押さえたが、その音は内側から聞こえてくるので、かえって逃げ場を失い、信男のなかで反響するのだった。

「じゃけど、冷房もいれんと車のなかで食べておったら暑くてかなわんじゃろ、ノブくん」とアサコ姉の声がした。

ヨシノ婆の家に上がって弁当を食べるように勧めたのは、アサコ姉だった。

「いっしょに食べたらいいんじゃが」とアサコ姉は信男に言った。「ヨシノさんもひとがいっしょにおってくれたほうが喜ぶ。ほら、行こう」

信男は返事をしなかったが、弁当箱の蓋をしめようとして箸を取り落とし、動揺したのか、蓋そのものも足下に落としてしまった。

「そんな慌てなくてもいいんじゃが、ノブくん」と言いながら、アサコ姉は箸と弁当箱の蓋を拾い上げた。「ヨシノさんところで、おばちゃんが洗ってやるから。さ、行こう、ここは暑いわ」

アサコ姉は信男の手から弁当箱を取ると、来た道を戻った。信男はそのあとについて行った。

ヨシノ婆の住む集落では、ふたつほどあった八百屋と雑貨屋を兼ねていた小さな商店が看板だけ残してシャッターを下ろし、魚の行商をするいくつかの軽四トラックもまた、その到来と本日の魚の種類を告げるそれぞれに特徴的な抑揚を持ったマイクの声とともに消えた。小さなトンネルをひとつ抜けたとなりの集落にはスーパーがあったが、歩いていくにはやや遠かった。アサコ姉は訪問のとき以外にも、ヨシノ婆のところに顔を出しては、何か使いがないか尋ねた。そうやってアサコ姉は、ちょうどヨシノ婆のように彼女が小さなころからよく見知って、いまや独居老人あるいは身寄りのない老夫婦となったおいちゃんおばちゃんたちの様子をちょくちょく見に行っては、代わりに必要なものを買いに行ってやった。ときには持ち出しで、つまり自宅でこしらえた刺身やら煮物やらおかずをお裾分けしていた。

その日の夕方、アサコ姉が今度は仕事での訪問とは別にヨシノ婆の家におかずを持っていくと、信男がいた。工事の音はまだ続いていた。

「ノブくん……ずっとここにおったんか?」

アサコ姉はほんの少しのあいだ困惑したような表情を浮かべていたが、「まあ、あれこれ言うても仕方ねえわ」と誰に言い聞かせるでもなくつぶやいた。部屋のなかが暗かったので、アサコ姉は電気をつけた。ヨシノ婆は飯台を挟んで、信男とその背後にある仏壇と真向かいにひざまずいて座っていた。

「ノブくん、おばちゃんがタカイオを持ってきたから、いっしょに晩飯も食べるか？　ようけもらってな、ヨシノさんがひとりで食うにはちょいと多いかなと思うたんじゃ。あんたがいてちょうどよかった」

信男は返事をしなかった。

「いいじゃろ？　ヨシノさん」

ヨシノ婆はうんうんとうなずいた。

「よし、じゃあ待っちょっけ」

そう言うと、アサコ姉は台所の土間に下りた。ラップに包んだ魚の切り身を取り出し、刺身にした。布巾で飯台を拭き、それから皿を並べた。

あたりは暗くなりつつあった。日没が近づいてくると集落を取り囲む山は緑色の殻を脱ぎ、濡れた黒い表皮をあらわしたが、変態に失敗したのか、その場にうずくまったまま動くことができなかった。集落から一軒だけはずれ、いちばん山側にあるヨシノ婆の家から漏れる光が投げかける、壊れた豚小屋の柱のおぼろな影が、多足動物の足のようにさわさわと揺れる草の葉に呑み込まれて次第に見えなくなっていった。影が見えなくなったのは、接近してくる夜のせいなのか、山の上にかぶさりはじめた雨雲のせいなのか、わからなかった。ヨシノ婆の家の裏山にあるトンネル工事の現場からは、仕事を片付けて家路につこうとする、あるいは近くに設置されたプレハブの宿舎に戻ろうとする作業員たちの声や車の音が聞こえてきた。

「そうじゃ」とアサコ姉の声が響いた。「ノブくん、ヨシノさんを車に乗せてやってくれんか？」

信男は返事をしなかった。しかし返事はわかっていた。アサコ姉は続けて、そんな必要はなかっただろうに、少し声を落として言った。

「連れ出して、歩かしてくれるか？」

信男が人並みにできるものがあるとすれば、それは車の運転だった。いや、これなら人並みどころか、はるかに人並み以上にできた。そのことをアサコ姉はよく知っていた。信男の母は息子が他人を乗せることをいやがっていたが、アサコ姉の考えはちがった。

「ノブくんの運転じゃったら安心じゃ」

それからアサコ姉はヨシノ婆のほうを見て、安心させるように笑った。

「ヨシノさん、ノブくんに買い物でもどこでも連れて行ってもらったらいいわ。ふたりでドライブじゃな」

そうアサコ姉が言い終える前からすでにヨシノ婆はうんうんとうなずいていた。

かけすぎた醬油に泳いで黒くなった刺身を載せた飯を信男がくちゃくちゃと食べる音が、電気をつけているのに暗い部屋のなかに響いていた。不意に風がやみ、山際の空気のなかにまで混じり込んでいた潮の香が薄まり、大きな音とともに雨が降りはじめた。雨脚はたちまち強まり、くっちゃくっちゃという音をかき消そうとした。信男の豚食いに居心地の悪い思いをしているのは、信男の父や母だけではなかったのだ。

「よろしく頼むで、ノブくん」とアサコ姉は信男に言った。

信男は返事をしなかった。信男の表情には何の変化も見られなかった。信男は視線を外界にあるどれかひとつの対象に合わせることができないかのようにぼんやりしていた。しかしだからといって、そのような定まりのない視線は、見ることが破壊することにしかならないのなら、大切なものをそのままの姿にとどめておくために何も見ないでいたいという意志に裏打ちされているようにも見えなかった。視線は見ることを避けるために、見られることを選びとったのだとも言えなかっただろう。むしろ信男の目は、視界にあるさまざまな事物が自分だけが身を落ち着かせようと奪いあう穴だった。何かを見ているのではなく、あらゆるものに目を奪われ、そのことの驚きに打ちゆだねられていた。しかしそんな目とはまったく無関係に口からは、鼓膜に、そして直接神経に粘着する音が発せられていた。くっちゃくっちゃという音のなかで、タカイオの、あの墨を塗ったような黒い皮で覆われた魚の透き通るような乳白色の身は、醤油で真っ黒に染め上げられ、飯といっしょに信男の口のなかで形と色を失っていった。信男の頑丈な歯と顎は、あたりの空間を——樹皮のように表面がざらざらする土壁、煙でいぶされたように黒ずんだ柱、そこに錆びた画鋲でとめられた、二月から時間の流れない日めくりの暦、時間の重みでたわんだ天井からぶら下がった埃をかぶった電灯、古い畳の上の蠅叩きもろとも——嚙み砕き、それから、ときどきうんうんとうなずきながら、斜め前に座った信男を見つめているだけのヨシノ婆はおろか、信男自身までも嚙みしだき、闇の混じったべちゃべちゃのペーストのなかに、ぬかるんだ泥を激しく叩く雨の音と区別のつかない音だけが響いていた。強い雨に泥が顔にはねかかった。アサコ姉は汗取り用に首に巻いてあったタオルを取ると、信男の動きを見計らっては顔をときどきぬぐってやった。ヨシノ婆はうんうんとうなずいていた。

＊

いまやあらゆるところにつながりどこまでも自在に伸び広がっていく道路を使えばどこにでも行けたのに、信男がヨシノ婆をマイクロバスに乗せて行く場所はふたつしかなかった。

ヨシノ婆が信男に頼んだのか。信男が連れて行ってくれる場所ならどこでもよかったのか。たまたまふたりの行きたい場所が一致したのか。それともマイクロバスの仕業なのか。くる日もくる日も、波のような律儀さで信男といっしょに海岸沿いの道を走るマイクロバスはいつのまにか海とほとんど同じ色になった。そんなマイクロバスだからこそ、ずっといっしょの信男の心はもちろん、信男の次に乗せる回数の多くなったヨシノ婆の気持ちが車体に染み入り、ふたりが願う行き先こそが、マイクロバス自体もまた行きたいと念ずるところになっていたのかもしれない。

ふたつしかないそうした場所のひとつが、信男とヨシノ婆が暮らす集落から長さ一〇〇メートルほどのトンネルを抜けたところにある小さな浜辺だった。

台風8号が過ぎ去った直後、この浜辺を眺めながら、信男は訝しい思いにとらわれたにちがいない。ヨシノ婆と信男が二人して並んで座っていた場所を、ありとあらゆる漂着物が覆い尽くしていたのだから。まるで信男とヨシノ婆などそもそもいなかったかのようだった。しかし、座ってしばらくすると塩をなめる砂の細かい粒子で肌が覆い尽くされる、あの気色いいとも悪いとも言いがたい感覚を信男は忘れることができただろうか。朝早くから漁に出た船が沖に浮かび、ウミウやカモメが空の表面に散り撒かれていたのを、信男はヨシノ婆といっしょに見つめ、海面に反射するまばゆい光に眼を細め、ヨシノ婆もまた、まぶたが垂れてほとんどふさがった目をなおも細め、そんなふたりをよそ目に海鳥たちは現実と幻とのあいだをいかにも悠揚に出入りしていたはずだった。

まだヨシノ婆とは呼ばれず、ヨシノさんとか、かわいそうなあのおばやんと呼ばれていたヨシノ婆に幼い信男が手を引かれていくことを不思議に思う人はいなかった。ヨシノ婆と信男が親戚になることを誰もが知っていた。保育園の先生は、真珠養殖の工場《こうば》で働く母親が迎えにくる時間よりも早い時間にやって来るヨシノ婆に信男を渡した。信男自身が何も言わずに、ヨシノ婆が伸ばした手に手を出して握ったものだから、何もおかしなところはないと思ったのだ。しかしいくらまだ保母としての経験は浅かったとはいえ、ひとりで ミニカーを走らせている男の子が、どんな問いかけにもうんともすんとも言わない代わりに、差し出されたどんな手に対しても手を出していたことに気がついていたはずなのだ。そして、もともとこの海辺の集落で生まれ育ち、県庁所在地にある学校を出たばかりの保母は、この子の手と指がそもそも、草の葉や花壇の縁石の上を這うカタツムリの、人の指に触れればさっとひっこみ、それからゆっくりと伸び上がっていく角に、ほかの子たちの手と指とはちがって伸ばされることがないのに気づいていたはずなのだ。まだ車の免許を持っていなかった信男の母が、真珠養殖の工場に職人たちを送り迎えしてくれるマイクロバスからアサコ姉とともに降りると、漁協の前には信男がヨシノ婆といっしょに待っていた。母にしても、この夫の母のいとこだかふたいとこだかになるという、ひとりで集落のはずれの家に住む「かわいそうな」おばさんに——戦争で夫と四人いた弟をすべて失い、その夫が残していった一粒種の息子を早くに亡くし、とくに働くということもなく遺族年金で暮らしているというおばさんに、ありがとうと礼を言うばかりで、それ以上何も尋ねようとはしなかった。信男がヨシノ婆の死んだ息子の歳を越え、信男の体が大きくなり、母からであれ父からであれ手を引かれることがなくなってから現在までに流れた二十年以上もの歳月は、ヨシノ婆と呼ばれる前のヨシノ婆が、小さな信男の手を引いて歩いていたことの記憶を洗い流してしまっていた。ヨシノ婆のことをよく知る年寄りたちを二度と戻れない場所へ、そして小さなころの信男を知る世代の者たちを、移動にお金がかかるので盆と正月と一年にたった二度戻ってくることすら困難な遠い都市部へと運び去ってしまっていた。もはや集落のどこにも幼い信男の手を引いていたヨシノ婆の姿を嗅ぎつけることはできなかった。集落のどこで鼻をひくつかせても、死んだ魚となま温かい潮のにおいが大気のなかに混じり込んでいた。それは集落がはまり込んだ忘却そのものが発散するにおいのようだった。

だからもしかすると、台風8号は、暴風雨によって、この海辺の土地の大気に染みついたにおいをかき消し、岬や湾を激しく揺さぶることで、集落をその陥った忘却から引っぱり出したかったのかもしれない。しかしその結果、皮肉なことにも沖から浜辺に引き上げられたのはありとあらゆる塵芥だった。そしてそれらは、土地のどこかに刻みこまれたか染み込んでいるはずの信男とヨシノ婆についての三十年近く前の記憶はおろか、二人が浜辺で過ごしたごく最近の記憶までも消し去ろうとしていた。

台風8号が立ち去ったあと浜辺にひとり立った信男は、浜辺に自分とヨシノ婆の姿を探していたのかもしれない。空っぽの目のなかを記憶が埋めてくれるのを待っていたのかもしれない。

あれは小さな浜辺に二人して並んで座っていた日々のうちのどの日のことだったのか、湾の底にひそんでいた闇が、岬をつたって這い上がり、ぽつりぽつりと星々を分泌しながら、空に広がり始めたころ、ヨシノ婆が先に立ち上がった。しかし足下がおぼつかないのは信男のほうだった。手を引いていたのは、信男ではなかった。信男は手を引かれていた。ヨシノ婆がヨシノ婆と呼ばれるようになるずっと以前から、浜辺には二人の姿があった。信男はいまの信男とは似ても似つかぬほど小さく、小柄なヨシノ婆の胸にようやく届く背丈しかなかったから、当時の記憶が次第に濃さを増す薄暗がりのなかから浮かんできても、その小さな子どもが自分であると信男にはわからなかったかもしれない。並んで立った二つの体のうち、大きなほうが母親だったのか、それともヨシノ婆だったのか、わからなかっただろう。物忘れのひどくなったヨシノ婆にしても、そこで握られていたやわらかくて、もう眠くなってしまったからかぽかぽかと熱のこもった小さな手が、信男と呼ばれる知恵の足りなさそうな男の子のものなのか、自分の子どものものだったのかはっきりとは思い出せなかっただろうし、その手を握っている手が、信男の母のものではなく、ほかならぬ自分のものだったと断言することはできなかっただろう。だから、それが自分の子なのか信男なのかわからぬまま、そして自分が何をしているのかわからぬまま、その子の手を引いて、ヨシノ婆は浜辺に行ったのだ。そのあいだ、ソテツを掘り返そうとシャベルをふるう信男の父とヨー兄の声がどんどん遠ざかり、どんどん小さくなっていく信男は手を引かれながら海のなかに入っていった。波が膝を、腰を洗った。尻と腿を濡らしていた気持ちの悪いなま温かさが、ひんやりとした重たい冷たさに代わった。波が顔に打ちかかり、潮を飲んで信男は思わずすがりついた。ふたりはひっくり返りそうになった。信男が目をあけると、飛び散った水で髪がべったりとはりついた顔は母のものだった。母は胸元に抱きかかえた信男にその顔を近づけた。息子に話しかけていた。しかしそれは言葉ではなかった。波音に混じって聞こえなかった。いや、波音だと思われたのは母の呼吸だった。その吐息に信男の顔も濡れた。母を引き止めようとしているのか、招き寄せようとしているのか、おそらく波にもわからなかった。どんな問いに対してであれ、はいといいえのあいだで揺れることしかできない波は、いずれにしてもいかなる答えも用意できなかっただろう。波もまた不安なのだった。沖から離れ、波にとっては死の国である陸に上がろうとしていたのだから。しかし沖がたえず引き戻そうとした。あるいは実は波自身がためらいにとりつかれ、決定的な一歩を踏み出すことができず、そのつど、最後の瞬間にその意志もろとも崩れていたのかもしれない。

過去の水のなかへと沈んでいく信男を奪いとられまいとするように空が覆いかぶさってきて、まぶた越しにも感じられるその圧力に信男は目を開けさせられた。いつのまにか信男は砂の上に横になっていた。そのまま波に洗われて、溶けてしまいそうだった。波の亡霊のようなその寄せては返す音が、波自身のものなのか、それとも信男のものなのか、誰のものでも何のものでもない在と不在の境目でいつまでも逡巡し続けていた。

信男が立ち上がろうと手をつくと、砂は燃えるように熱かった。自転しようとする大地と、それをとどめようとする巨大な力との拮抗で、地軸が激しく熱せられているかのようだった。潮のにおいのなかに何かが焼けるにおいが混じっていた。いくつもの島が鋲となって海が逃げ出せないように固定していた。横を見ると、遠くのほうに、そこにいるはずがないヨシノ婆の姿があった。むしろ台風8号のほうが存在していないかのようだった。ゴミに覆われていないやさしくなだらかな傾斜の上を、前屈みになったヨシノ婆がおぼつかない足取りで歩いていた。もともと足が悪いからか、ゆるい砂に足を取られて、ヨシノ婆の体が何度も大きく傾いた。転倒するのを防ぐというより、何かから身を守ろうとするように上方に手が差し出されているために、波音に囃し立てられて踊っているようにも見えなくもなかった。波音と砂から立ち昇る陽炎を従えたヨシノ婆が小さくなっていき、ついに見えなくなった。

いったいどのくらいそこにいたのだろうか。信男は浜辺にしゃがみこんで、陸地に這い上がろうとする気味の悪い虫の大群のような漂着物がじりじりと自分ににじり寄ってくるのを見つめていた。水のなかにでも入ったかのように汗でびっしょりになっていた。立ち上がると、島々がその分だけ海をぐいっと押さえつけ、空が広がった。雲が引きのばされ、胸に潮の香を含んだ空気が流れ込んだ。そこに何かを焼いているにおいが混じっていた。浜辺の尽きる先に見える二本の煙突——二つ並んだゴミ焼却場と火葬場のもの——から煙がたなびいていた。砂がきらきらと輝いてまぶしかった。

あたりを見回すと、緑の山がもそもそと動き出し、体を伸ばして、海のなかに沈んでいった。湾を包囲する山のなだらかな背に携帯電話のための電波塔がにょきにょきと触角のように生えていった。山がアメフラシのように体から何か分泌したのか、それとも岩礁に海の体がこすれて皮膚が破れたのか、赤紫色の煙幕がじわじわと滲み、海の色を変えていった。信男は後ずさりした。砂や流木に足を取られて転びそうになった。しばらくしてからようやく気がついたようにくるりと海に背を向けると、すぐそこに道路と海岸を隔てる防波堤があった。信男は階段を登り、防波堤の上で振り返った。信男がヨシノ婆といっしょに座っていた砂浜はもうどこにもなかった。海の色はすでに空にも移り、空とも海ともつかない赤紫色の広がりがあるばかりだった。

階段を降りきった信男の前を、この浜の砂利も混ぜて練られたという分厚いコンクリートの壁がさえぎっていた。目を凝らすと壁のなかには赤ん坊の爪ほどもない二枚貝の殻や小さな巻貝が閉じ込められていた。信男はぬくもりはじめた壁に顔を寄せた。壁が震えていた。震えていたのは壁ではなかった。信男でもなかった。母の声でもなかった。鍵をさされたままのマイクロバスが日だまりのなかで壁に背を向けて唸っていたのだ。

信男は運転席に乗ると、シートベルトをはめて、ルームミラーを覗き込んだ。庇が邪魔になってよく見えなかった。信男は作業用ヘルメットを脱いだ。ずっとかぶっていたヘルメットのなかはぐっしょり濡れていた――潮水なのか汗なのかわからなかった。ミラーのなかは赤紫色に塗り込められていた。海だった。防波堤にさえぎられてそこに映っているはずのない海に満たされていた。それなのに映っていてもおかしくないヨシノ婆の姿はなかった。

信男は何度かマイクロバスの乗降口のドアを開けては閉めた。それでも誰も乗ってこなかったし、海も出ていこうとしなかった。海のような大きなものを連れて行くことはできなかった。いまはルームミラーのなかにおとなしく収まっているが、いつ溢れ出して、マイクロバスを水の底に沈めてもおかしくはなかった。赤紫色が揺れていた。そのまがまがしい色の煙幕の向こうにぼんやりと見えた。父の手のなかで、カブトムシの幼虫が、つやつやした光沢を放つむちむちとした乳白色の肉が、動いていた。信男はクラクションをひとつ鳴らした。立ちこめていた赤紫の煙が強風に煽られたように一瞬かき消え、同時にヨシノ婆の家の入り口をふさいでいたソテツがあの重たい葉を緑の翼のように広げた。餌が撒かれでもしたように無数の音がわっと戻ってきた。海鳥たちの鳴き声が降り注ぎ、マイクロバスの屋根を雹のように激しく叩いた。赤紫色が揺れ、ついばまれ、引き裂かれた。思わず信男は助手席とのあいだのスペースに置いたヘルメットに手を伸ばした。うろたえているために、かぶろうとするものの、手が滑った。ヘルメットは後方に、座席のあいだの通路に勢いよく転がり落ちた。その衝撃に驚いたマイクロバスが急発進した。

＊

新道の工事が着工されて以来、集落の中心を抜ける国道388号線には、建設現場に向から工事車両がたえず往来するようになった。国道とは名ばかりで、道幅は狭く、庭の植木の枝葉ばかりか家の軒そのものが道路に大きくはみ出しているところすらあり、大型車両はすれちがうのに難儀した。そのために、バックする車が発するシグナル音や運転手同士がかけあう声、挨拶代わりにフォーンと鳴らされるクラクションの音が日中はよく聞こえた。

国道388号線は入り組んだ湾を形成する海岸線をなぞるように建設されていた。湾沿いの集落はこの海岸線がところどころもつれて作る不格好な結び目のようだった。信男のマイクロバスは海岸線がばらばらにほどけてしまわないように集落と集落を縫い合わせているのだった。マイクロバスが走り続けている限り、そこには集落と集落をつなぐ道路がたしかに存在するということになる。そう考えれば信男がマイクロバスを走らせるようになってから、いかなる台風や集中豪雨によっても、このけっして状態がよいとは言えない古い国道388号線が、土砂崩れなどの災害によって遮断されたことは一度もなかった。

実際、あの台風8号をもってしても、どこかの山で発生した土石流で海になだれ落ちた流木を海岸に打ち上げこそすれ、この湾沿いの国道を塞ぐことはできなかった。強風に煽られ倒されたバス停の表示板でさえ、道路をさえぎるようなことはなく、ただ海に転がり落ちただけだった。

この世界が、信男が接するほんのわずかなものかもしれないが、ばらばらになってしまわないように海岸線を縫い合わせること。信男の人生に何らかの意味があるとしたら、たったひとつでも意味があるとしたら、このことに尽きるのだと信男自身が気づいてしまったから、信男は仕事をやめてしまったのだろうか。いや、逆かもしれない。クレーン車で吊られた、巨人の手にする傘を思わせる大きなテントの作る日陰で漁師たちが網の手入れをしながら世界のほつれや破れ目を修繕しているように、信男もまた、かりに自分のなかのもつれをほどくことはできなくとも、自分のなかの裂け目を修復することはできなくとも、マイクロバスといっしょに時間を縫い、世界を繕うことはできるはずだった。となると、まさにそのことに気がつくためにこそ信男は仕事をやめなければならなかったのかもしれない。

海に落ち込む山肌を削って作られた、ガードレールもあまりない古い国道388号線は、車線がかき消え、ひびが目立ち、どんどん痛んでいったが、修復されることはたえてなかった。その一方で、入り組んだ海岸線がひり出すこの土地にも次々と新しい道路が建設されていた。道幅が広げられ、トンネルが抜かれ、海辺の集落同士の行き来が便利になったが、そうした道路によって人はますます遠い土地へ出ていくようになった。十二人しかいなかった保育園から小学校、中学校にかけての同級生は、信男を除けば、仕事や結婚でみなこの土地を出て行った。あたかも、ここに残って、海岸線を縫い合わせることが信男の使命であるかのようだった。集落と集落とを結びつける主要道路である古い国道388号線をなぞり、この土地の海側の外縁を原寸大で描くこと。そうやって土地がここにあるということを確認すること。そんな途方もない重責が、よりによって信男ひとりに背負わされたかのようだった。いやむしろ、この単調で厄介な責務を果たす者をずっと探していた土地それ自体が、カタツムリの触角には手を伸ばせないのに、ヨシノ婆が伸ばした手には手を差し出して応える信男に目をつけ、信男を選び取り、この誰もやりたがらない任務から逃げられないように信男をいまあるような状態に閉じ込めてしまったかのようだった。しかしたとえ、何もかも土地のせいなのだ、誰のせいでもなく土地が信男をこんなふうにしたのだ、そしてそれは土地に選ばれたことなのだ、と言われたところで、信男の母と父がはたして慰められただろうか。ではどうして信男でなければならなかったのか、と信男の母は尋ね返したかっただろう。だがそもそも理由なくして目をつけられるだろうか。信男があんなだったから、土地に選ばれてしもうたんじゃ、と母は、麻痺のためにいままでは口を開いても何を言っているのかわからない父の分も合わせて、漏らしたことだろう。だから、信男がマイクロバスを走らせているのは、けっして海岸線を縫い合わせるためではなかったのかもしれなかった。信男は必死で逃げようとしていたのだ。しかし入り組んだ海岸線を行ったり来たりすることしか、そうやって結果的に海辺の土地を際立たせることしかできない――だから土地がそこにあることをあかし立ててくれるのであれば誰であろうがよいのであって、信男の存在などまるで重要ではなく、信男など存在しないも同然だった――のだから、そして自分という殻のなかだけではなくこの土地にも閉じ込められてどこにも行くことができないのだから、いくら運転がうまくてもどうしようもないのだ。あたかも新道やら高速やらバイパスで外部に開かれることを余儀なくされた土地が、信男からどんなささやかな出口であれ奪うことによって復讐を果たそうとしているかのようだった。信男がヨシノ婆に手を伸ばしたのは、救いを求めてのことだったのかもしれない。それがわかっていたから、ヨシノ婆と呼ばれる以前のヨシノ婆は、いずれマイクロバスを自在に運転することによって、皮肉なことにも、唯一獲得した自由と引き換えにますますこの土地に縛りつけられることになる信男の手を引いて連れ出そうとしていたのかもしれない。しかしどこに連れ出そうとしていたのか尋ねようにも、手をつないで歩くふたりを見ていた者たちのうち、死んだ者か、よそに引っ越していった者——あの保育園の先生も翌年には退職し、電力会社に勤める高校の同級生と結婚して他県へ行った——を除けば、ほとんどがもうそんな昔のことを、それもほんの一時期のことを、思い出すことができないようだった。あの何かにつけて機転がきき、察しのいいアサコ姉ですら、ヨシノ婆が信男を連れて歩いていた理由を、両者の縁戚関係に見るだけで、それ以上深く考えてはいないようだった。その忘却の蔓延に台風8号が追い打ちをかけた。すべてが土地の思惑通りに進んでいるかのようだった。信男の手を引いていたヨシノ婆が何をしようとしていたのかはともかく、どこに行こうとしていたのかを、おそらく信男に訊いたところで、その閉じられた扉のような顔の上に、問いかけの声の影が踊るだけだろうから、ヨシノ婆に尋ねるほかなかっただろう。もしかしたらそのことに、つまり「答え」を知っているのがヨシノ婆だけだということを信男は理解するともなく察していたからこそ、だからアサコ姉に言われたからではなく自分の意志で、ヨシノ婆を連れ出していたのかもしれない。夫と四人いた弟をみな戦争で亡くし、幼い息子を事故で早くに失った「かわいそうな」ヨシノさんにもうこれ以上不運を呼び寄せないために——強風が吹くときのわさわさと揺れるソテツの大きな緑の葉の動きが不幸をかき集めているようにでも見えたのだろうか——信男の父とその友のヨー兄がソテツを門のところから除去した小さな家から、ヨシノ婆を連れ出すことが、あたかも「答え」を引き出すことになるのだと信じていたかのように。

信男の住む集落の付近でも、また新しい道路が建設されているところだった。数年前に一部区間が開通した、現在も建設中の東九州自動車道へのアクセスを可能にするための道路だった。そのために集落のいちばん山際のほうに離れてぽつんとあるヨシノ婆の家の裏手にトンネルが掘られることになった。

そこで台風8号が来る年の夏前まで信男は警備員をしていた。高い防御壁に覆われた工事現場の出入り口に立って、トラックなどの大型車両を誘導するのが信男の仕事だった。

要領が悪く不器用な信男はしょっちゅう運転手たちに怒鳴られることになった。現場を満たすやかましい音にもかかわらず聞こえてくる運転手の罵声を耳にして駆け寄ってきた責任者格の警備員は、しかしけっして信男をかばってくれなかった。信男よりもずっと若いその男は、運転手といっしょになって、その場に立ちすくむ信男をさらに口汚く罵った。ヘルメットをかぶって作業服を着た男たちがかけあう声、彼らが荷台から下ろし運ぶ機材が触れるときのかちゃかちゃいう金属音、巨大な掘削機やブルドーザーやパワーショベルやダンプカーのエンジン音が混じりあい、どろどろに溶けた鉛のようになって、信男の耳のなかに流れ込み、栓をした。耳は焼けるように熱いだけで、もう何も聞こえなかった。怒りで煮えくり返った運転手をなだめるためだったにしても、誘導棒で信男の尻や腿のうしろを叩く必要があっただろうか。いくら作業用ヘルメットをかぶっているとはいえ、信男の頭を小突く必要があったのだろうか。ヘルメットはそのためにこそあるのだと言わんばかりに思い切り信男を叩かなければならなかったのだろうか。

信男は倒れた。いちどきに過剰なほどの事物が殺到した。それらはすべて瞬く間に蠅になった。世界を構成するあらゆる要素が、耳障りな低い音を立てる半透明の羽根をはやした黒い点となって、信男の体表のありとあらゆる場所をさわりつくそうとしていた。蠅に変身した事物は壊れてしまいそうなほど羽根を震わせて空を叩き、すると空が硬い壁であるかのように、羽根は傷つき、折れ、しかし押し寄せる蠅が破り削り取ろうとしているのは信男の皮膚なのであり、あたかも信男がすでに死んだかのようであり、まただからこそ、信男を覆う蠅たちは信男の死肉をむさぼるためにではなく、むしろ信男を揺り動かし復活させようとしているようでもあった。しかし黒い脚でぺたぺたと信男の肌に触れる蠅は、信男そのものには触れることができなかった。なぜなら、目の前が暗くなり、体中の筋という筋がこわばり、魂が蒸発し、信男はひとつの石になっていたからだ。しかし石になったからといって地面に散らばった小石が肌を刺す痛みが感じられないわけではなかった。尖ったつぶてのように投げつけられる声は、気化してどこかに消えたはずの魂にずっと鋭い痛みを残した。というよりも、その魂はもはや誰のものでもないがゆえに、そこにある世界が痛みそれ自体だった。

　そうしたことがいつ起こったのか、きのうだったのか、おとといだったのか。それともあした起こるのか。信男にはわからなかっただろう。信男には自分がどこにいるのかもわからなかっただろう。工事現場の門のところだろうか？　少し離れたところ、立ちこめる土埃の向こうに、石となって這いつくばっている自分がはっきりと見えるのに、同時に、その自分が地面から顔を上げて、土埃の霞ごしにではあるがやはりはっきりと、現場の門のところに立ちつくしている信男を、まるで何事もなかったかのようにきょとんとした目つきをして、近づいてきた土砂運搬トラックを誘導するのをすっかり忘れている信男を見上げていたのだ。苛立ちを募らせたトラックの運転手がまもなく窓から身を乗り出すのだとしても、そのいきり立った声が浴びせかけられているのは、いったいどの信男だったのだろうか。

　それがどの信男であれ、石になった信男を拾い上げ、ポケットに入れてくれる者も、口のなかに入れて温かくて湿ったやわらかい舌で包んでくれる者もいなかった。だから信男は自分で立たなければならなかった。のろのろと立ち上がり、工事現場の出入り口の脇の持ち場に戻った。ヘルメットが前に大きく傾いて、足下しか見えなかった。その足の先に視線を縛りつけられでもしたかのように、信男はじっとうつむいていた。直前まで雲が太陽をさえぎっていたのだろうか。突然、あたりが明るくなった。手足からこわばりが溶け出していった。ようやく手を動かしてヘルメットの庇をあげると、視界のなかはさらに明るくなった。

下のほうにヨシノ婆の家が見えた。ヨシノ婆が窓辺に立って信男のほうを見上げていた。そのうしろでは、ヘルパーとしてなのか、それともヨシノ婆の様子を見に来たついでなのか、アサコ姉がてきぱき部屋の掃除をしていた。

「おーい」

アサコ姉はうしろからヨシノ婆の手をとって、信男に向かって振らせた。

アサコ姉の声がはっきり聞こえていた。しかし信男のうしろでは工事が行なわれているはずだった。作業の騒音が耳をつんざいているはずだった。実際、信男はいまどやしつけられたばかりではなかったか。いや、それはきのうだったのだろうか。あした起こるのか。いずれにしても工事は間断なく続いていた。山肌を破壊する作業員と機械の音か、それを突き破って聞こえる罵声しか聞こえないはずだった。それなのにアサコ姉の声が耳元近くに聞こえていた。明るく照らされた地面に刻みつけられた信男の黒い影の頭のまわりに、アサコ姉の声の影がちらちら舞っていた。

「おーい、ノブくん」

信男は片手を上げた。その動きがぎこちないのは、体の一部がまだ石のままだったからだろうか。誰も乗せていないマイクロバスなどで現場に乗りつけてくる信男は、彼のことをよく知らない、よそから来た作業員たちからはただでさえ奇異の目で見られがちだった。

「おーい、ノブくん」

それを最後にアサコ姉の声も聞こえなくなった。アサコ姉の声はいまや信男の耳のなか、頭のなかに完全に入りこみ見えなくなっていた。信男に向けて上げられたヨシノ婆の手は、信男に向かって殺到するあらゆる音を押しとどめ、かき消すために動かされているかのようだった。

*

ヨシノ婆を乗せた信男のマイクロバスのもうひとつの行き先、それがこの日の朝マイクロバスが向かった山の上の公園だった。台風8号が温帯低気圧と化した次の日もその次の日の朝も、ふたりを乗せたマイクロバスは山への道を取った。なぜなら漂着物は浜辺にへばりついてどこにも行こうとしなかったからだ。台風8号を逃がしてなるものかと雲にしがみついた岬角が、今度は雑多な漂着物をその忘れ形見のようにけっして離すまいとしていた。しかしそのために、押し寄せた多様な残骸にすっかり覆い隠されて、しっとりとした黒い輝きを放つ美しい砂の上に信男とヨシノ婆が並んで座っていたことの痕跡ばかりか、信男の母が波に誘われるがまま幼い子どもと水のなかに消え入りたいと一瞬であれ心から願ったことの記憶までもが、誰も信じることのできないあからさまな嘘のようになってしまった。そんな浜の裏切りがマイクロバスには耐えられなかったのだろう。こんな海辺の姿をヨシノ婆にも信男にも見せるわけにはいかないとマイクロバスは意を固めたのだ。しかしよりによって山の上の公園とともに建設された新道ではなくて、いまではメジロ捕りやタケノコ掘りに軽四トラックでやって来る年金生活者たちを除けばほとんど誰も利用しない、勾配もカーブもきつい旧道をマイクロバスは選んだ。

登りにさしかかってギアを落とすと、あたかもそれが合図でもあるかのように、ヨシノ婆の落ちくぼんだ唇がもごもごと動き出した。口の線がゆがみ、開いた。台風8号による暴風雨のためにいつも以上に道路の上に散乱した石や木の枝をタイヤが踏んでマイクロバスががたがた揺れた。車体が大きく揺れるたびに、運転席の後ろ側の列に座ったヨシノ婆のきゃしゃな体は、いま、荒れ狂う暴風のなかに連れ出されたかのように、窓や背もたれに打ちつけられ、畳まれた補助席を越えて通路側に投げ出されそうになった。乗降口は開け放たれたままになっていたから、ヨシノ婆の痩せた手は前の座席の背についた取っ手を握っていたとはいえ、彼女が外に放り出され、時化のあと浜辺を覆いつくす漂着物のひとつにならないのが不思議なくらいだった。あるいはそれが、ハンドルを握る信男が望まずとも、信男と一心同体になったマイクロバスが信男の代わりに望んだことだったのだろうか。

マイクロバスはヨシノ婆の体をそうやって揺さぶることによって、何かを吐き出させようとしているのかもしれなかった。しかしその一方で、エンジンの発する音に邪魔されて、ヨシノ婆がたとえ声を張り上げたとしても信男には聞こえなかっただろう。だからマイクロバスは老婆の声を引き出そうとしながら同時にそれが聞こえなければいいと思っているにちがいなかった。

豪雨でゆるんだ山肌から落ちてきた、人間の幼児ほどの大きさの岩に鼻先を近づけていた鹿の母子がマイクロバスの接近に気づいて、首をすっともたげ、道の端に寄った。まるで一本の見えない紐で結ばれているかのように二頭の耳が同時にぴくりと動いた。この母子にはヨシノ婆の声が聞こえていたのだろうか。

しかしハンドルを握り、まっすぐ前を見据えた信男に聞こえていたのは、崖下を洗う波の音だけだったにちがいない。いや、信男にヨシノ婆の声は聞こえていたのかもしれない。それなのにどうして信男の顔には何の変化も見られなかったのか。信男はどこまでも続く単調な一本道を前にしているかのようにどこか注意の拡散した面持ちのままだった。

峠の道はヨシノ婆と信男をマイクロバスもろとも振り落とそうとくねくねと身をよじらせはじめた。と、道の脇から崖下への転落を防ごうと枝や葉が次々と差し出されてきた。そのために音ばかりか視界までもさえぎられた。

突如、眺望が開けた。海がぬっと現われた。

すべてはじっと息を詰め、マイクロバスがそこまで来るのを待ち構えていたのだった。頂上にある駐車場にマイクロバスをとめた信男の前で、湾の表面が沸騰しはじめ、ぽつぽつと小さな島々が濃紺の海に浮かび上がった。島々は海面下に身を潜めていたとして、では海は、このいつも新しく、と同時に親しい海は、どこに体を隠していたのだろうか。陸は海を逃がすまいと手を伸ばした。逃れきれず、ちぎりとられた海の端切れが湾となり、いびつな形のまま硬直した岬のあいだに残された。海に落ち込んでいくこの山々が指だとすれば、爪が伸びる具合に岬の突端もまた伸びていそうなものだった。湾の口がふさがれ、山の上から見て右手から急角度に折れて海に突き刺さる岬の先端が、左手から沖めがけてまっすぐに突き出た岬の腹に食い込んでもおかしくはなかった。それがいつも同じ形をしているのは、夜のあいだに切り揃えられているからにちがいなかった。

何かが視界いっぱいに海をもたらし、金属板のような濃紺の上に、島々の緑の点や、岬のいびつな輪郭線や、集落の家々のくすんだ灰色の屋根瓦の色を付け加え、幾重にも潮騒の響きを塗り重ねていた。しかしそうやってせっかく組み立て直された世界をもうすでに、何の惜しげもためらいもなく、山を削る工事の音で粗暴に断りつけているのだった。

その切れ目の下で震えていた。母の声だった。それはきのうの夜のことであったし、いつの夜のことであってもよかったし、おそらく母は可能ならばずっとそうしてやり続けたかっただろう。しかしそれがもう二十年もしないうちに不可能になることは六十を半ば過ぎた母には――まだ息子の手が小柄な母の小さな手にすっぽりと収まっていたころ、そして爪切りにほとんど圧力をかけずとも爪がぱちんぱちんと切れていたころにはまだ、こうやって息子の手をとり、爪を切ってやることが永遠に可能だと思われていたのに――わかっていた。

「ほら、手を出せ。おまえがやると危なくて見ておられん。ほら、信男、手を出せ」

子供のときからずっと母が息子の爪を切ったし、倒れて半身麻痺になった父の手を取り、爪を切るのも母だった。

いま、山の上にいる信男に向かって押し寄せてくる世界では、海の表面で砕け散る律儀な白い波が、夜のあいだにかんなでもかけるように、海に食い込んだ岬の先端をちょうどよい長さに切り揃えていることだろう。

そこがバス停だということはまだわかった。そのことを示す表示板がまだそこにはあったからだ。しかしいずれ、入り組んだ海岸線に引き留められて、衛星の画像には影ひとつ存在せずとも、この地に三日三晩とどまり、猛威を振るったあのいまいましい台風8号が、この表示板を五〇センチ四方のコンクリートの台座ごと倒し、すぐ下の海に沈めることになるだろう。しかしそれはまだだいぶ先のことだった。道ばたではハマユウの群落があの引き裂かれたような白い花弁を広げはじめたところだった。

*

他人をバスに乗せてはいけないと母は何度も信男にくり返した。飯粒が茶碗や弁当箱に残っていても、飯台の下に飯粒がこぼれていても、くっちゃくっちゃと耳障りな音を立てて豚のような食い方をしても、何も言わなくなっていた母が、それでもこのことだけは毎日のようにしつこく息子に言い続けた。自分自身六十を過ぎて、夫が脳梗塞で倒れ、永遠に息子のそばにいることができるという考えが非現実的なものだと諦めるに至った、諦めることを余儀なくされた母親は、自分が死んだあとも、せめて声になって息子の記憶に――記憶が無理ならば鼓膜に――焼きついて残るために、そうやって息子とともにあるために、言い続けなければならなかった。

「ひとを乗せるなよ。頼むからひとは乗せるなよ。事故を起こしてひとを傷つけるようなことになったら大事ぞ、取り返しがつかんのど」

時刻表は路線バスがこの海岸沿いの道をまだ走っていた時代のものだった。山にトンネルがうがたれ、新道が建設され、近隣の市町村との行き来が便利になるずっと以前のものだった。ヨシノ婆の家の裏のトンネルが完成すれば、さらにもう一本きれいな道路が抜けるだろう。鬱血が解消されて、そこにこもった悪いものが流れ出るように、人はますます外に出ていくだろう。変わらないのは、この海岸沿いの国道だけだった。変わらないのではなくて変わることができないのだ。もしかしたら、表面のところどころに亀裂が走るこの道がよくなるのを、妨げているのは信男なのかもしれなかった。では信男がマイクロバスを走らせるのをやめれば、集落と集落を結びつける線をたどるのをやめれば、この海岸道路も新しくなるのだろうか。バス停の表示板に掲示されている運行時刻表は風雨でかすれて読めなかった。いずれにしてももはや記された時間どおりにバスがやって来ることは絶対になかった。それなのにその男は時刻表に顔を近づけて、何十年も前の時間を読もうとしていた。男は何度も腕時計を見た。男が腕を動かすたびに、腕時計が潮の味の濃いべたべたした大気に嚙みつき、白濁した光をちぎりとった。

マイクロバスが減速したのに気がついた男の顔一面に安堵の色が浮かんだ。男は信男に向かって手を上げた。銀色の腕時計がその手首に大きな甲虫のように寄りすがっていた。

マイクロバスが停車し、乗降口のドアが開くと、そのステップに片足をかけたまま、頭だけを車内にのぞかせて、男が何か言った。しかし信男は返事もしないし、振り向きもしなかった。男はもう一度言った。

「申し訳ないが、ちょっと待ってくれますかね？」

男が指差した先には筏が見えた。小さな人影があった。男は大きな声で呼びながら、そちらに向かってひどく疲れた足取りで歩き出した。筏の上にしゃがんで生け簀のなかに囲い込まれた濃い緑色の海を覗き込んでいた小さな子どもが立ち上がった。海は静かだった。それでも子どもはまるで綱渡りでもしているように大げさに両手を広げ、体をあっちに傾け、こっちに傾けしながら、筏の上を歩いた。子どもが去ったあとも、筏と岸辺をつなぐ橋は揺れるのをやめなかった。

揺れていた。その同じ筏の上で、父に手を引かれた幼い信男の体も揺れていた。

「大丈夫じゃ、怖がらんでいい」という父の声が、海面に広がる波紋となり、生け簀の奥の闇からわっと浮上してきてはたちまち消える大きな魚たちの体と接触して破壊された。赤潮でもないのに、まるで海の底が何かに傷つけられ血を流したかのように、暗い水の奥からゆらゆらと赤紫色がにじみ、幼子の瞳を染め、小さな体のなかに拡散していった。赤紫色の広がりはゆらゆらと揺れているのに幼子の体はかたくこわばっていた。隆々と盛り上がった父の肩から胸、そして腕に力が込められ、息子を守った。

「大丈夫じゃ、怖がらんでもいい」

息子の小さな体をうしろから抱きかかえて筏の上にしゃがんでいた父が、貪欲な魚たちに聞きつけられ、つつき壊されないよう言葉を息子の耳元にささやいた。狭い生け簀の奥底で魚たちが言葉のかけらが落ちてくるのを待ちかまえていた。まるで暗い水には銀色の裏地がはられていて、それが何かのはずみで回遊する魚たちに触れ、めくり上げられるかのように、いやむしろ切れ目を入れられるかのように、水の底にまばゆい光が不意に現われてはたちまち消えた。

男は子どもの手を引いて戻ってきた。二人は乗り込んだのに、ドアは開いたままで、マイクロバスは発車しようとしなかった。あたかもあとから来る者がいるのを信男が知っていて、その到着を待っているかのようだった。早く出してくれとも言わず、男と子どもは後ろから二列目の二人がけの座席に並んでじっと座っていた。彼らもまた、父に手を引かれた幼い信男が戻ってくるのをいっしょに待ってくれているかのようだった。あるいは、ヨシノ婆に手を引かれた信男を待っているのだろうか。

ついにマイクロバスが動き出すと、しばらくして男が信男に言った。

「暑いですね。もしよかったら、冷房を入れてくれますか？」

窓側に座った子どもの額とこめかみに髪がぺったりとはりついていた。頬を覆う泥埃の薄い膜にいくつもの筋が走っているし、草の切れ端のようなものもくっついていた。ちょうど窓は日が差し込んでくる側になっていた。子どもはまぶしそうに目を細めて、今度は生け簀ではなく山に囲い込まれた海の断片である濃紺の湾を見つめていた。このまま小さな湾の外周をまわっていけば、太陽は子どもから引き離されることになるだろう。しかしそのあと岬をひとつ巡れば、太陽はふたたび子どもの顔近くの窓のところに戻ってきて、そばから子どもの顔をじっと眺めることになるだろう。すぐに近くから眺めているだけでは物足りず、しかし直接子どもの目のなかに入りこめないのはわかっているので、みずからの光をめいっぱい反射させる海を自分の代わりに、子どもの小さな体のなかに送り込もうとするだろう。その侵入から逃れようと、子どものまぶたは完全に閉じられることになるだろう。子どもの首がかくんと折れて頭が前のめりになり、髪の毛が窓ガラスに押しつけられていた。濃い桃色の唇が半開きになっていた。子どもはすでに海に奪われてしまっていた。車中の冷えた空気との接触を求めて、いつのまにか小さな体の内部を占有している海の一部が口の端からつーっと垂れ落ちた。

そのあいだも男はちらちらと腕時計に目をやった。時間を切り取るばかりか、男の細い腕までも食いちぎってしまいそうな時計だけが男の様子とは対照的に生き生きと輝いていた。

男の背広もズボンもよれよれだった。白いシャツには食べこぼしの染みがついていた。男の黒い革靴は長いあいだ歩いてきたように土埃にまみれていた。

「このあたりは変わらないね」と男が誰に言うとでもなくぽつりと漏らした。

とはいうものの、道の片側は山の斜面で覆われていたし、反対側は立ち並ぶ木々にさえぎられて、これといった景色はもう何も見えなかった。しかし「このあたりは変わらないね」とつぶやいた男の声が、旧道の坂を登りはじめたマイクロバスの車内を満たすあの低く耳障りな喘ぐようなエンジン音越しにも、信男に届いていたとしたら、信男は男に尋ねてみてもよかったのではないか。もしかしたら、ヨシノ婆と呼ばれる前のヨシノ婆に手を引かれていく信男の姿を、この男は目にしたことがあったのではないか。ヨシノ婆と信男はどこに行っていたのか、何をしようとしていたのか。まだこの時点では、台風8号がこの海辺の集落にやって来て、衛星写真から消えたあとも三日三晩この地にとどまるということは誰にもわかっていなかったのだから、信男は尋ねてみてもよかったのだ。尋ねたという事実自体が、それぞれが隠匿した秘密や忘れ去られた記憶を吐き出させようと重たい屋根瓦や打ち付けた雨戸が吹き飛んでしまうくらい家々のむなぐらをつかんで激しく揺さぶった暴風雨によって、皮肉にもかき消されてしまうことになるのだとしても。もしかしたら、台風8号はその試みに成功し過ぎたために、つまり家々どころかこの土地のありとあらゆる場所から記憶を引き出すことに成功してしまったために、そのあまりにも大量な過去の残骸のなかに埋もれて、ほんのわずかな信男とヨシノ婆の痕跡はどこにあるのだかまったくわからなくなってしまったのだ。だとすれば、浜辺を埋めつくすことになるあれら無数の漂着物は、どこから来たものだか出所の不確かなものなのでは全然なく、どれもこれもこの海辺の集落がこれまで抱え込んできたまま誰にも言えずにいた記憶、あるいは誰のものでもない忘却の淵に浮遊していた記憶、しかしふたたび誰かの意識の表面に現れ出るための依り代を必要としていた記憶が、海底からひきちぎられてきた海草だとか藻だとか流木だとか腕や足のなくなった人形だとかラムネだか醬油だかのガラス瓶だとか齧られたあとの残る林檎だとか腐った魚だとか船だか家の板材だとか何のものだかわからない肉塊だとかの形を取ったものだったのではないのか。

突然、男が立ち上がろうと腰を浮かした。車体が揺れて、そうはさせまいとした。男はいったん座席に尻を着くが、ふたたび立ち上がった。が、また大きく揺れて、立っていられなかった。信男がそうしているのではなかった。登りの道が曲がりくねりだしたのだ。

ひとつひとつのカーブがきつくなったからだ。信男ではなくて、道が悪くなりはじめたからだ。なおも男は立ち上がろうとした。今度は、葉を濃密に茂らせた木の枝がマイクロバスを、いやたぶん男を、威嚇した。緑色の波となって車体に押し寄せていた。

それでも男は一歩また一歩と前進し、ついに運転席のすぐ後ろにある座席に腰を下ろした。片手を運転席の背もたれにかけて、体を前に傾けた。相変わらずまっすぐ前を向いたままで、ルームミラーを覗いていたわけではなかったし、声も聞こえなかったが、信男にはその男の口がかすかに動いているのがわかっただろう。

道の途中でマイクロバスが止まった。ひとり後方の座席にとり残されていた子どもは目を覚ましていた。山菜を採ったりメジロを捕ったりするためでもなければ、いまではあまり利用する者のいないこの峠の旧道は、たしかにすやすやと眠り続けるためにはあまりにも急峻であったし、道路の状態も悪かった。

「ほら、こっちに来なさい」と男が子どもに言った。

子どもは立ち上がった。男は子どもが座席から出てくるのを待った。子どもが乗降口の付近に来たときだ。ドアが突然開いた。

熱気がどっと流れ込んできた。しかしいくら濃密な空気であっても、ぐらりと傾いた男の子の体を押しとどめることはできなかった。

男はさっと手を伸ばし、子どもの腕を握った。マイクロバスのドアから三〇センチも離れてないところから切り立った斜面がはじまっていた。道にはガードレールなどついていなかった。下手に足を踏み出そうものなら、そのまま転がり落ちてしまいそうだった。はるか下のほうには波に洗われ白い泡を吐き出す岩礁が見えた。

子どもの前腕をつかむ男の手首で、時計が時を刻むのをやめた。木の葉のようにくるくる舞いながら時間だけが先に奈落の底に落ちていった。男が子どもを突き落とそうとしているように見えた。男が子どもを振り払って飛び降りようとしているようにも見えた。あるいは二人いっしょに死のうとしているようでもあった。

マイクロバスのドアがバタンと大きな音を立てて閉まると、それまで静まり返っていたあたりの風景が目覚め、草木を鳴らして響きはじめた。姿ははっきりとは見えなかったが樹冠から樹冠へと飛び交う猿の群れもその音楽に貢献しているようだった。空から海鳴りが降り注ぎ、マイクロバスの屋根を激しく叩いた。追い立てられるようにマイクロバスはのろのろと動き出した。

＊

信男とヨシノ婆を乗せたマイクロバスがたびたび向かう山の上の公園は、戦争の末期に帝国海軍によって建設された小さな砲台の跡地周辺に作られたものだった。この地域では、太平洋戦争中に爆撃を受けた数少ない場所のひとつだった。砲台までは直接車で行くことはできなかった。駐車場からゆるやかに続く舗装されていない登りの道を歩かなければならなかった。湾とその向こうの外海を遠望できるこの駐車場のはずれに、御影石でできた記念碑が建立されていたが、海辺に点在する集落のなかで、この石碑がいったい何を記念するものなのか知っている者はほとんどいなかった。知っていたが、台風8号に記憶を持って行かれたのかもしれない。単純に忘れることにしただけなのかもしれない。いずれにしても米軍機による爆撃で砲台にいた誰かが死んだという話はなかった。

公園ができるまでは、この砲台跡まで来るには信男のマイクロバスが通ってきた旧道しかなかった。それはしばらく複式学級が続いたあとついに廃校になった地元の小学校の鍛錬遠足のお決まりのコースだった。いまでは、より広くより曲がり角のゆるやかな新しい道路が作られていた。南東には太平洋が見えたから、海から昇ってくる日の出を見に正月には他県からも人が訪れた。しかし日の出だけがここに人を集めるのではなかった。

マイクロバスから信男の手を借りて降りると、ヨシノ婆は頼りなげな足取りで石の前に向かった。その向こうに見える空はどこまでも澄み切っていた。台風の翌日の、あの夾雑物を一切合切除去されたかのような清らかな空が——台風8号が去ったあと、この風と雨がとどまっていた時間が長かったから空の洗いもその分徹底的になされたのか——ずっと続いていた。ヨシノ婆は記念碑に手を合わせて、小さな背中をさらに小さく丸めた。いったい何に手を合わせているのか。そういえばヨシノ婆は信男にも手を合わせた。合わせるだけでなくて信男の手を握り、それに頰を、唇を寄せ、撫でさすった。

信男の前で、拝むヨシノ婆の背中はどんどん小さくなっていった。何かがヨシノ婆をしまい込もうとしていた。大気のどこかに仕込まれたポケットの奥に押し込んでいた。実際、信男がふと視線を逸らし、いつも新しく、なのに懐かしい海に魅入られているあいだにヨシノ婆はどこかに消えていた。

信男は運転席に戻ると、マイクロバスの乗降口のドアを開けたまま、待つともなく座っていた。緑の島々によって固定された海の上を時間は何事もなく漂っていった。海自体はいつも同じで、どこにも変わったところなどなかった。あたかもヨシノ婆がマイクロバスに乗っていようがいまいがどうでもよいかのようだった。いや、それを言うなら、ヨシノ婆ばかりか、信男自身もこの世界に存在したことなどなかったかのようだった。

それでもしばらくすると、信男は運転席から降りて探した。

駐車場には、信男のマイクロバスのほかに車が一台とめられてあった。他県のナンバーだった。ずっと放置されたままで、誰も引き取りに来なかった。風雨によってすっかり汚れていた。

その四ドアの普通乗用車の横に、信男の作業用ヘルメットをかぶった子どもがいた。

信男は自分の頭に片手をやり、ヘルメットがたしかにそこにあることを確かめるようにさわった。

子どもは車のドアの表面にうっすらと堆積した埃の層に指を這わせて線を引いていたが、信男の気配に気がついて振り向いた。ぶかぶかのヘルメットがずり下がって、信男を仰ぎ見る顔を隠した。顔の表情を構成する部分のなかで唯一見える口元がにっこりと笑ったように見えた。

しかしそれに応えて信男の口元がゆるむことはなかった。子どもなどそこにいないかのようだった。いや、そこにいるのだけれど、ちがう時間のなかにいるために、信男には見えていないかのようだった。マイクロバスのハンドルを握っているときと同じように信男はただ前を見つめていた——だから、この顔の微動だにしない線を踊らせたいと誰もが思い、その誘惑に打ち勝ちがたいのだろうか。だから、信男は現場で面罵され、殴られなければならないのだろうか。

子どもの首の下のしわのないぴんと突っ張った肌が目を打った。明らかに大きすぎる半袖のシャツから突き出た腕は細く、肘の関節の内側はかきむしったような傷で覆われていた。汗なのかそれとも内側からしみ出してくる何かほかのものによるのか、とにかく傷は濡れて輝いていた。しかしそれだけでは男の子なのか女の子なのかわからなかった。

ずり落ちてくるヘルメットの庇をときどきくいっと持ち上げては、子どもは乗用車のドアの上に指を動かした。埃の層の上にいびつな丸や直線になりきれない線が次々と生まれ、たがいを打ち消した。海の上では鳥たちがその動きを模倣していた。子どもの指先が鳥たちの動きを真似ていたのかもしれない。いや、子どもの指が鳥たちを操っているようにも見えた。

海とその先を見つめていた信男がうしろを振り向くと、記念碑の前にふたたびヨシノ婆が現われた。相変わらずヨシノ婆は石に向かって小さな背中を丸めていた。手を合わせて祈りを捧げているように見えた。

しかし記念碑と競い合うように信男は硬く直立し、片方に頭や手足がついていなければ、老人の目には、向かい合って立つふたつはまったく同じに映ってもおかしくなかった。だから記念碑を拝むヨシノ婆は、信男を拝んでいるのだと言ってもよかったのかもしれない。あたかも、そこにあるのは記念碑と信男と、両者のあいだに挟まれて動けないヨシノ婆だけであり、ヘルメットをかぶった子どもなどそもそも存在しなかったかのようだった。

記念碑であれば、たしかに塗料が取れて判別しがたかったとはいえ、そこに意味を読み取ることのできる文字が刻まれていたはずだ。しかし信男の顔にはいくら目を凝らせども何も読み取ることはできなかった。

かりに信男に刻印されているものがあったとしても、それが目に触れるには、ちょうど苔むした墓石の表面に死者の名を確かめるときのように、信男をびっしりと覆い尽くしているものをこそぎ落とし、たとえ肉がえぐれることになっても削り取り、血が混じって赤味がかった水で洗い流さなければならないだろう。だから母は、いやあのとき母を動かしていた何かは、信男を水のなかに引き入れようとしていたのだろうか？

記念碑に向かって首を垂れたヨシノ婆は、やめてくれ、やめてくれ、と必死で訴えかけているように見えなくもなかった。何かに抵抗してその場にしがみついているように見えた。連れて行かないでくれと祈っているのかもしれなかった。あるいは連れて行っても構わないが、それはいまではないのだ、もう少し待ってくれと手を揉みあわせて懇願しているのかもしれなかった。しかしそれもすべて、自分がとどまることを祈ることが、信男のために祈ることであるからなのだ。信男を閉じ込めるこの現実は目に見ているものとはちがうものであったし、ちがうものであるし、これからもちがうのだ、そうでありますようにと信男のために祈ることができるためにも、まだこの世を立ち去ることはできなかった。

とどまらなければならなかった。先に行くわけにはいかなかった。祈りは此岸から彼岸にしか向けられないものだからだ。

祈りを捧げる対象は何でもよかった。記念碑に何が書かれているのか、何を記念するものなのか、地霊なのか、戦没者なのか、建立するために寄付をした者たちの名前なのか。そんなことは実はどうでもよかった。それが強い気持ちを受け止めることのできる確かな硬さを持った石であるという事実がありさえすればよかった。

何かが大気の裏地にしつらえられたポケットのなかにヨシノ婆を押し込もうとしていた。子どもが次から次に引いては消していく線は、鳥たちが空に描く軌跡でもヨシノ婆の心の混乱でもなく、ヨシノ婆を奪い取ろうとする力の動きなのかもしれなかった。祈りもむなしく、またもやヨシノ婆の姿は見えなくなった。

風は強く、空のあちらこちらに皺が寄った。ときには大気がまくれ上がり、まばゆい光が目を襲った。大気の裏地も海の裏地と同じく銀色だった。しかしいくら風が吹いても、ヨシノ婆が押し込まれた隠しポケットが思いがけず目に入るようなことはなかった。上空では鳥たちが舞っていた。駐車場の端から断崖までは膝丈ほどある草に覆われていた。信男は手に触れていた草を握り、むしっては風に投げつけた。緑のかけらが鳥たちに変わった。いや変わらなかった。何も変わらなかった。変わってはいけなかった。空に描かれる鳥たちの軌跡はもしかすると、風や音や死者たちを、生きた者たちさえをも詰め込んだ巨大なポケットの縫い目を、ここだ、そこだ、あそこだ、と示唆してくれているのかもしれなかった。

しかしいくら目を凝らそうとも、縫い目などどこにも誰にも信男にも見えなかった。耳を澄ませても潮のざわめきが聞こえてくるだけだった。この海辺の土地がばらばらにならないよう、集落と集落を縫い合わせていく信男のマイクロバスが、入り組んだ海岸線をどれほど行き来しようとも、縫い目のあとが、目に見える形としてでも耳に聞こえる形としてでも感触としてでも、いっさい残らないのと同じだった。季節はずれの台風があれほど大量の枝葉をむしり取ったにもかかわらず、木々は打ちのめされるどころか見る者の目を食い破りそうな緑に燃え立ち、立ち騒いでいた。耳のなかには草木が葉をこすり合わせる音がずっと響いていた。波音と区別がつかなかった。小さな入り江の上を、その向こうの山の表面を、何かがそっと撫でつけるのが見えた。信男もまた、ここではなく向こうの山のなかにいて、いや、ここにいながら、向こうの山のなかにいて、撫でつけられていた。

「まだ見つからないんですね？　そうでしょう？」

信男が振り返ったのは、その声が、ちがう時間から、記憶の底から聞こえてきたからだろうか。しかし記憶であれ、現実であれ、聞こえたことに変わりはなかった。

砲台跡へと続く道を散策してきた男が戻ってきていた。子どもが落書きを続ける乗用車の屋根に指を置いて、そっと埃をぬぐった。

「ここら辺は死ぬには格好の場所ですよね。昔から多かったですからね」

たしかに置き去りにされたままの乗用車の持ち主もその死体も見つからなかった。かつては警察といっしょに消防団が山に入ったものだった。いまでは警察に頼まれもしないのに、年老いた元消防団員のなかで足腰がなおも頑強な者たちがときどき山に入った。しかしそれは誰かを、あるいはタケノコや柘榴や山桃を探してのことではなく、単なる徘徊のなせるわざだった。その元団員を捜索するために消防団を招集しようにも、形ばかりの団員である五十代、六十代の男たちは、タケノコやメジロを探すのなら自分から行くのに、山で行方不明者を探すのは面倒くさがった。そして、ちょうどヨシノ婆の幼い息子が消えたときと同じく、えらく感心したような顔つきをして、「もう迷惑をかけないように消えたんじゃ」と声を揃えて、警察や消防を巻き込んでの大がかりな捜索を思いとどまらせようとしたし、家の者たちもとくに抵抗を示すことなくそのような提案に同意するのだった。また、探さずとも、ときどき岩礁に何かが引っかかっているのが発見されることもあった。しかしあまりにも損傷がひどくて、遠目には、そして潮の香を引き裂く腐臭からだけでは、人間のものなのか巨大な魚や海獣のものなのか判別しがたかった。

そういう話を耳にするたびに、信男を見ながら、母は深いため息をついたものだった。

「それも楽かもしれんの？」

自分と夫が死んだあと、ひとり残される息子の行く末を考えて暗澹たる気持ちに浸されるたびに、母はそう信男に尋ねた。

母は「うん」と信男が首を縦には振らないとわかっていたし、かりに何かの拍子に振ったとしても、振ったように見えたとしても、問いの意味はわかっていないはずだと言い聞かせることができたから、こう信男に問いかけることで、みずからを励ましているのかもしれなかった。みずからを引っぱり上げようとしているのかもしれなかった。しかし沈み込んで、引っぱり上げられるのは死体だけだった。しかも時間によって変化するのは死体のほうなのであり、現実は何も変わらなかった。海は緑の島の鋲によって刺し貫かれたままだったし、湾にしがみつく指のような岬角の数が増減することも、その長さが伸縮することもなかった。

「それも楽かもしれんの？」

横になった父の麻痺したほうの手を握った母が誰に言うとでもなくささやいた。しかし父が倒れていなくても、ずっと昔から母はそう問いかけていた。だからこれは弱気になったときの母の口癖だったと言ってもよかっただろう。母の顔は笑っていた。弱々しいものであれ、笑っているように見えた。

男の声が信男を山の上の公園に連れ戻した。

「わたし？」

さみしさの混じったやさしい笑みを浮かべて男が言った。「わたしはちがいますよ。でもそんなふうに見えますか？」

そう言って男は、かたわらの子どものヘルメットをとんとんと叩いた。車の表面に落書きするのに夢中になっている子どもは気がつかないようだった。

男は少しだけ強くヘルメットを叩いた。子どもはびっくりしたように肩を震わせて、男を見上げた。ヘルメットがずり下がって、子どもの顔を隠した。

男は信男を見つめながら真顔で言った。

「あなたを連れに来たわけでもない」

男は大きな声で笑った。笑いによって、真剣な顔つきを、それがパズルでできているかのように、ばらばらにした。

「わたしをここに連れて来たのは、むしろあなたのほうなんだから」

ばらばらになったのは顔だけではなかった。男の分解は止まらなかった。肩が、腕が、胸が、砂の城のように崩れようとしていた。おそらく崩壊を押しとどめるために、ヘルメットをかぶった子どもは憑かれたように手を動かして線を引いた。この混乱にさらに拍車をかけようと、あるいはそのぐちゃぐちゃの線を断ち切ろうと、上空では鳥たちが鋭い声でわめきながら、くるくると旋回していた。

ヨシノ婆が戻ってきてくれなかったら、信男はそのままとっくのとうに駐車場の端から断崖まで続く草むらを横切り、空虚が始まるところに足を踏み入れていたことだろう。今度は落下する信男の体がポケットのなかに押し込まれ、消えてしまったにちがいない。そのポケットのなかであの男と子どもに出会い、ヨシノ婆がやって来るのを待っていたことだろう。岩場に砕ける波しぶきの上では、少しだけふくらみを増したそのポケットの形を模して、鳥たちはやわらかい曲線を描いていたことだろう。

山の上まで連れてくると、ヨシノ婆は決まって記念碑に向かって手を合わせ、口をもごもごさせた。しばらくするとその暗い穴から言葉が姿を現わすが、唇が内側に落ちくぼんでいるせいで、外にこぼれてくるまでに時間がかかった。

かわいそうに、とヨシノ婆が言うのが聞こえた。

しかし、かわいそうに、と言っていたのは、幼い信男を腕に抱いた父だった。「ヨシノおばやんもかわいそうに」と父の声がヨシノ婆の声を支えていた。ヨシノ婆の声が白く震える一本の糸のように引かれる暗い空間が父の声だった。

おお、かわいそうに。でも恨んだらいけん。お父さんとお母さんを恨んではいけん。すべてはおまえを思うてのことじゃ、ということはわかってやらんといけん。わからなくてもわからんといけん。おまえもお父さんとお母さんの子じゃったらわかるはずじゃ。おまえがうんともすんとも言わないから。痛いとも苦しいとも言わないから。しかし、信男は言った。言ったのだ。かといってただじっと我慢しているようにも見えんから。まわりで起こっていることがおまえの上を滑っていくのに、おまえは気がついていないようだったから。おまえが泣かないから。しかし、信男は泣いた。泣いたのだ。おまえが泣いてくれたら、泣くのは痛いから、苦しいからだと言えるじゃろうから。だからおまえを泣かそうとする。そうしたくなるのが親の心情ってもんじゃねえか？　ちがうか？　そう問いかけながらも、ヨシノ婆はさらに背中を丸めて苦しそうに両手をこすり合わせる。幼い信男が父の腕のなかから見ていたのは、背中を丸めて両手を合わせるヨシノ婆の姿だったのか、それともそれを見つめる父のまなざしだったのか。父の口から発せられ、あたりを黒く塗りつぶす「かわいそうに」――父がその「かわいそうな」、しかし遺族年金で働かないでも生きていける遠縁の女性から何かと金を借りていたことを信男は知らなかっただろう――という声だったのか。部屋のなかは暗くて、ヨシノ婆の背中は小さく、仏壇は大きく、ヨシノ婆を吸い込んでしまいそうだ。痛い、苦しい。痛い、苦しい、と言葉でおまえが言うてくれないから。しかし、信男は言った。言ったのだ。線香に火をつけるために、ろうそくがともされ、その光を映して鈍い金色に輝いていたリンが、ちーんと鳴るから、叩かせてくれ、と言ったのだ。ちーんと鳴るたびに、まるで線香の煙が叩かれたかのように、煙は揺れ、一瞬かき消えるから、叩かせてくれ、と言ったはずだった。言うてくれないなら、せめて泣いてもらいたい。涙を見たらわかるから。しかし、信男は泣いていた。泣いていたのだ。叩きたいと言っているのに、彼を腕に抱えた父には何も聞こえていなかった。だったら、父が聞いていようがいまいが、自分で父の腕をふりほどいて、小さな丸い背中の横に行き、泣いている顔を覗き込めばいいだけの話だった。箸をうまく持てない手でリン棒をわしづかみにし、涙を、煙のように、なぜならその女のひとの頬を年々深くなっていく皺に妨げられながらもまっすぐにつたい落ちる涙は線香の味がしたからなのだが、それがほんの一瞬にしか過ぎないにしても、かき消してやるために、ちーん、ちーん、ちーん、と憑かれたようにリンを叩いてやればいいだけだった。なのに信男の体は何か別のものにすでに憑かれているかのように、父の腕にやさしく抱えられたまま、ぴくりとも動こうとしないのだった。おまえの目には涙が浮かばん！　ヨシノ婆は首を伸ばして、記念碑に顔を近づける。まるでその石の表面に、香のにおいの移った涙が残していった跡を認めることができるとでもいうように。目を凝らす。いや、浮かんでおったのかもしれん。浮かんでおったんじゃろう。じゃが誰も気がつかない。おとうもおかあも!

そこでどうにもやるせないというように、ヨシノ婆は深々とため息をつき、もともとしおれたホオズキの花のような体がさらにくしゃっと小さくなり、ふたたび何かがヨシノ婆をポケットにしまい込もうとするのだが、それにヨシノ婆は体をこわばらせて抵抗した——まだ言うべきことを言い終えていなかった。

おまえが泣いておることにどうして誰も気がつかなかったのか? なぜって? おまえは泣いていたかもしれんが、おまえの顔は泣いているようには見えなかったからじゃ。むしろ笑っているように見えたんじゃ。しかし、信男は泣いていた。泣いていたではないか? おまえはほんとは痛くて苦しいはずなのに笑っている。笑っている。しかしほんとにそれが笑みじゃとわかったんじゃろうか? 涙を流していないからといって、それがどうして苦しんでいないと、痛がっていないと、悲しんでいないとわかるんじゃ? どうしてそれが笑っているようにしか見えんかったんじゃ? それがお父さんとお母さんを不安にしたんじゃ、いや、お母さんとお父さんは情けない気持ちになって腹を立てさえしたかもしれん。泣け、泣け、とおまえの体をつかんで激しく揺さぶったかもしれん。信男は笑っていたのだろうか? だがおまえは泣かん。代わりに泣くのは、おまえの分もあわせて泣くのは、おとうとおかあじゃ。しかし、信男も泣いていた。泣いていたのだ。そんなことをしたら、子どもが壊れる、壊れる、という声を、どうせ壊れとるんじゃから、どうせ壊れとるんじゃから、という叫びが打ち消したかもしれん。そうやって自分たちを壊していったんじゃ。じゃがその叫びの底にの、何かの拍子に戻るかもしれん、戻ってくれ、壊れた自分たちはもう戻ることがなくてもかまわんから、自分たちが代わりに壊れるから、どうか戻してくれ、おまえを戻してくれ、という願いがあってのことじゃ！

ヨシノ婆の体が震えていた。何かにつかまれ、押し込まれるが、そこからみずからを引っぱりだそうとしていた。しかしもう遅い。ポケットから出てくるのは声だけだった。いいか？　だから、あれはおまえを捨てに行ったんじゃない。ましてやおまえをいやしい豚どもに食わせようとおまえを豚小屋に連れて行ったんじゃねえんじゃ。おれはおまえたちを見ておったから知っておる。おまえのおとうの気持ちもよーくわかっておる。そのおれが言うんじゃから間違いねえ。おまえのおとうの心のなかにおまえを捨てるような気持ちは微塵もねえ。いいか？　微塵もねえんど。ただ、おまえがあの豚どもを見たら、驚いたり、怯えたりするんじゃねえかと、振っても叩いても蹴っても石と同じで何も変わらない、変わらないように見えるおまえが変わるんじゃねえかと、いやしい豚どもがおまえにこびりついた余計なものを食い尽くして、おまえをもとに戻してくれるんじゃねえかと、ただそれだけを思うてのことじゃ！

しかし信男が養豚場に戻るとき、車をバックさせて昔の養豚場に戻るとき、畜舎を満たし、そこから押し返しがたい濃密な波となって溢れ出してくるのは、ひしめきあう豚の体が発する騒がしさやにおいや熱気だった。そこにヨシノ婆が言うような信男の父の思いが含まれていたとしても、やはりヨシノ婆の言葉によれば父が息子のために望んだものであるあのいやしい豚たちの圧倒的な存在感によって、かき消されてしまっていたのだろう。豚たちの排出するもので肥えた黒い腐葉土から父が掘り出したカブトムシの幼虫は父の手のひらの上でもじもじとうごめいていた。その動きを痛みとも困惑とも悲しみとも時間のもつれともとることができたとしても、それは信男のものではなかっただろうし、ましてや豚たちのものではあるはずがなかった。

ちがう、ちがう、ちがうんじゃ、とヨシノ婆は大きくため息をついてから言った。そうじゃねえ。おまえを海に連れて行ったのは、海のなかに浸けたのは、おまえを溺れさせようとしてのことじゃねえ。いっしょに溺れようとしてのことでもねえ。振っても叩いても蹴っても石と同じで何も変わらない、何ひとつ変わらないように見えるおまえがほぐれて、溶けて、ちがうおまえが出てくるんじゃねえかと思うてのことじゃ。おまえがもとに戻るんじゃねえかと願うてのことじゃ。どうしておかあがおまえを溺れさせようなんて、溺れ死にさせようなんて思うか。どうしてそんなことがあるか。おれにはわかる。おれはずっと見ておったからわかる。浜でおまえを抱いて海に向かって歩くおかあとおまえの姿をずっと見ておったおれなら、おまえのおかあの気持ちはようわかる！

そのときの動揺を表現するように、ヨシノ婆が記念碑に向かって差し出した両手がぶるぶると震えていた。その両手は、招き寄せているようにも追い返そうとしているようにも見えた。海が鳴っていた。しかし海は断崖の下でうねっているはずなのに、その音は中空に響いていた。湾の上で光が雲を開くとき、そこからいっしょに潮の音が降ってきた。あるいはそうやって空にうがたれた裂け目から、潮のざわめきが羽虫のように群れをなして舞い上がった。島々に打ちつけられて動くことのできない海の代わりに、外に出ていこうとしていた。しかし湾の上を舞う風は強いし、すぐに空は閉じてしまうし、ざわめき自体があまりに多すぎるので、海に静寂が訪れることはなかった。その代わり、宙を掻いていたヨシノ婆の手の動きが弱々しくなっていった。やわらかくやさしく招いていた。

立ちこめる薄闇のなかからぬっと信男の頭上に差し出された父の手には、透明なプラスチック製の虫の飼育ケースがあった。豚小屋の近くの林から掘り出してきたカブトムシの幼虫を父はそれに入れた。父は下から覗き込むが、いっしょに取ってきてケースに入れた腐葉土が邪魔でよく見えなかった。それでケースをふるいにでもかけるように揺する。すると腐葉土の隙間から見える。それはもう白くない。飴のような色になっている。それにもう動かない。「これがカブトムシになるんじゃ。さなぎじゃ」と言って父は信男の顔にケースを近づける。「こっちがオスじゃ。大きなカブトムシが出てくるど」

急に息苦しくなったかのように、信男はヘルメットの顎紐に手を伸ばした。不器用な信男は紐をはずすのに、きゅうくつな首輪から逃れようとする犬のようにぶるると自分の頭を激しく揺さぶることになった。あるいはそのさまは、いくら逃げても執拗に追いすがってくる記憶を振り払っているかのようにも見えた。

そのせいだろうか、何かが動く気配が石碑の背後に感じられた。ひょこっとヘルメットが記念碑の背後から現われた。記念碑の前に立ち、そこに刻まれた文字を読んでいる男を、作業用ヘルメットをかぶった子どもが、かくれんぼの最中にそっと鬼の様子をうかがうようにして見上げていた。子どもは片手に木の枝を握っていて、草むらをつついていた。信男のほうを振り向いた男の背中に向かって、木の枝を振り上げた。それがこれから太平洋上に発生しようかという台風8号によってむしり取られたものであるはずがなかった。枝の根方から折られ、まだ緑の葉が先端のほうについた枝を、子どもは両手でヘルメットの上に掲げた。カブトムシになって男を威嚇しているのだろうか。そんなふりをしているだけなのだろうか。しかし子どもの頭にはヘルメットは大きすぎて、鼻のあたりまですっぽり覆い隠していたから、子どもが何を考えているのか、表情から窺うことはできなかった。

ただ顔のなかで唯一見える口は、にっこりほほえんでいるように見えた。泣き出したいのを我慢して口元を歪めているのだと言われたら、そうなのかもしれなかった。

しかし信男の顔を構成する線は、信男の顔と向かい合う石碑とまったく同じでぴくりともしなかった。

「昔はこんなものはなかったのになあ」と男は、近づいてきた信男に言った。「いつできたんですか？」

まったく同じ問いを尋ねられたときと同様、信男は答えなかった。かりに信男でなくても返事はできなかっただろう。信男はそのまま男の横を素通りして、記念碑のうしろにヨシノ婆の姿を探した。草むらをかき分けようと前屈みになったはずみに、信男の頭からヘルメットが転がり落ちた。

信男はヘルメットを拾い上げた。表面についた無数の傷が暮れかけの光にやさしく撫でられ、手のなかでヘルメットがやわらかい乳白色に輝くのを信男はじっと見つめていた。

あのとき、別れ際に、子どもはかぶったヘルメットを両手でぎゅっと押さえつけた。ヘルメットを取られまいとする動作というよりは、身を守ろうとしているように見えた。

しかし、この土地の美しい青味がかった黒い砂浜をゴミで埋め尽くし、多くの家々の瓦を吹き飛ばし、木々をむしり取り山肌を疥癬にかかった野良犬のように変えることになる台風8号はまだ南太平洋の胎内で眠っていたのだから、まだ暴風から、そして暴風が吹き飛ばすものから身を守る必要はなかったのだ。

降り注ぐ蟬時雨の季節もまだ遠く、ヘルメットをかぶってまで避けるものがあるとすれば、工期の終了予定日に間に合わせるために土日返上で行なわれていた道路工事の音だけだっただろう。なのに子どもは身を守ろうとしていた。ヘルメットのなかに隠れようと、小さな貧弱な体をさらに小さくしようとしていた。そのヘルメットから生やした木の枝の角をしきりに突き上げては襲いかかってくる銀色の光を追い払おうとしていた。握りしめられた拳の下で腕時計が光の飛沫を散らしていた。まるで男が子どもに手を上げているように見えた。

「本当に申し訳ありませんでしたね」

あのとき、男はそう言って、信男に頭を下げたのだった。

そして、たぶん男は信男の視線にずっと気がついていたのだろう。腕時計を外すと、それを差し出したのだ。いま、信男の前に、その男の手が、空間の裏側に縫いこまれた無数のポケットから、ぬっと突き出されていた。

「お礼にと言ってはなんですが、取っておいてください」

男の手は信男の手が応えないのがわかると、信男が手にしていたヘルメットのなかに時計を滑り込ませた。

「いいんですよ。もう必要ないから」

男と彼に手を引かれた子どもが、砲台跡まで続く小さな道を歩いていくのが見えた。子どもが握った木の枝が引きずられ、次の雨に跡形もなくかき消されることになる線をやわらかい土の上に残していった。何度か子どもが振り向いた。しかしそのたびにヘルメットがずり下がり、顔が隠れた。唯一見える口元が何かをこらえるように歪められていた。いや、自分より大きなものにすっかり身を委ね、安心しきったほほえみが、その口元に現われた線だったのかもしれない。

ふと子どもは立ち止まった。ポケットに手を突っ込み、ひとしきりごそごそやっていた。不意に思い出せなくなった歩き方を探し出そうとしているようだった。しばらく待って男が子どもの手を引っぱった。しかし歩き方はまだ見つからないようだった。不意に子どもの姿が消えた。いや、消えたのではなく、男がかかえ上げたのだった。

信男はマイクロバスに戻ると、運転席に座り、乗降口のドアを開けたまま待っていた。ルームミラーのなかにかすかな波立ちが起こった。どうしたことか父がやって来てマイクロバスに乗り込んだ。信男がエンジンをかけると、首を振った。父は降りろと手招きした。まだ若く、体も不自由ではない父に手を引かれるまま信男はついていった。途中で信男は何度か立ち止まった。父は信男の手を引っぱった。

「なーんにも怖いことはねえ。おれがいっしょについておる。信男、なーんにも怖いことはねえ」

父はやさしい口調でくり返し、信男が歩き出すのを辛抱強く待った。

「もうちょっとの辛抱じゃ。いいものを見せてやるから」

ふたりは砲台跡へと向かっていた。信男の足が完全にこわばってしまい、このままではらちがあかないと見ると、父は信男をひょいと抱き上げた。信男が抵抗を示さないのがわかると、そしてわかりきっていたので、そのまま歩き出した。砲台の建設当時から設置された鉄製の手すりを片手で握りながら、父は階段をあがった。心地よい風が頬を撫でた。

「あれが太平洋じゃ」

父は指差した。そのとき信男には父がどこを指し示してくれたのかわかったのだろうか。不器用な指のような岬角が取り囲んだ海のほんの端切れの先にまで視線を伸ばしたのだろうか。それとも信男の視線はすっと伸びていく前に、あの緑の島々によって海といっしょに刺し貫かれてしまったのだろうか。たまたま太陽が照りつけており、細められた目の隙間に入ってくるには、父の指差したところはあまりに広くまぶしすぎたのだろうか。

信男は目をしばたかせた。雲が出てきたのか、ルームミラーのなかで踊っていた黄金色の光の波立ちが静まった。マイクロバスのなかには父はおらず、ドア付近の席にこしかけ、前の座席の背についた取っ手を握って前かがみになったヨシノ婆の姿があった。ドアがばたんと閉まり、マイクロバスが動き出した。

山の上の公園から海岸沿いの集落に戻るときは、登りのときと勾配のきつさは上下反対に、カーブの曲がり方は左右反対に、つまり何もかもが正反対になるからだろうか、ヨシノ婆の口は閉ざされたままだった。工事の音は聞こえてこなかった。日はそろそろ山の上辺に近づきつつあったが、まだ十分に明るかった。明るいのに、ヨシノ婆の声が暗闇の奥で揺れていた。信男の手を借りてマイクロバスから降りるときにヨシノ婆がいまはじめて気がついたというように尋ねる声が耳のなかに響いた。

「それはどうしたんか？　その時計は？」

マイクロバスに乗り込んできた男が時計をくれたから、ヨシノ婆がそんなことを尋ねたのだと信男は思い出したのかもしれない。それとも反対に、ヨシノ婆がこんなふうに時計のことを話すのをどこかで聞いたことがあるから、男から腕時計をもらったような記憶が生まれてしまったのかもしれない。

そういった記憶を豚たちが食べてくれたら、台風8号のせいで屋根を吹き飛ばされ壁の残りをはがされ梁と柱しか残らない畜舎のなかでうごめきこすり合わされる豚たちの体がもみくちゃにし、その足が藁やおがくずや糞尿といっしょにぐちゃぐちゃに踏みしだいてくれたのなら、どんなに単純でよかったことだろう。いずれにしても信男がまだ警備員として働いていたころ、工事現場の出入り口の脇から、下に見える家の窓辺にいたヨシノ婆に向かって、手を振り返したとき、揺れる信男の手首でこの腕時計が光をくいちぎっているのが、ヨシノ婆には見えていたはずなのだ。それなのにヨシノ婆ときたら、大切なことは何ひとつ口にすることはできず、誰にも、おそらく自分自身にも聞き取れない小さな声で余計なことばかり言うのだった。まぶたがたるみふさがりかかった目に涙さえ浮かべて、信男の手を撫でるだけだった。

＊

「いったいどこに行っておったんか?」

しばらく問いつめたものの、信男からこれといった返事が引き出せなかった母は、アサコ姉のほうを向き、諦めたようなため息を漏らした。

アサコ姉は信男を見た。

「ノブくんがああやって連れ出してやるのはいいことよ」とアサコ姉が信男の母に言った。

父の身体介護の日ではなくとも、母と仲のいいアサコ姉は家も近所だということもあってほとんど毎日のように顔を出した。「ヨシノさんにとっていい刺激になるから」「それじゃったらいいけど……」と母の声は不安そうだった。「ほんとにだいじょうぶかしら？」

「だいじょうぶ。ノブくんにわたしが言うたんよ。ノブくんじゃったら、なんも心配はいらん。若いヘルパーなんかよりもよっぽど安心じゃ」

「そうじゃったらいいけど……」

「それにあんたのところとヨシノさんのところは親戚じゃから、いろいろと余計なことを言う人もおらん。身寄りのない親戚を気にかけてやるのはふつうのことじゃ」

「それじゃったらいいけど……信男にとってもただ家でぶらぶら遊んでおるよりはいいとは思うんじゃが……」

二人が話をする玄関の下駄箱の上には、花が差されておらず埃っぽい花瓶と虫の飼育ケースが置かれてあった。中身をあけられたケースはきれいに洗われていたが、さなぎからかえったカブトムシたちが、つるつるした透明な壁をひっ掻く音が聞こえていた。不意に夜が裂け、現われたカブトムシの羽根が夜の闇を激しくふるいにかけた。しかしそれはたちまち容器にぶつかる音によって消えた。飼育ケースのなかでは、そうした音だけがうごめいていた。

出かけようとする信男にアサコ姉が声をかけた。

「ノブくん、きょうもよろしく頼むな」

信男の目の片隅に見える暗がりのなかで、ヨシノ婆がうんうんとうなずいていた。

＊

だから、ヨシノ婆がいなくなったとしても、豚小屋の廃屋の前でマイクロバスは待ち続けなければならなかったのだ。

海岸からは台風8号が残していった漂着物もようやくあらかたは消えて、身投げした者たちの死体が時おり打ち上がる目の細かい砂の浜が戻ってきていた。

朽ち果てた豚小屋の前まで来る途中、信男のマイクロバスは、ゴミ処理場への脇道から出てくるゴミ収集車とすれちがった。2トンのパッカー車だった。4トン車では大きすぎて、この海辺の狭い土地に密集する家々のあいだの細い道を通ることはできなかった。ススキが波打つ野原の向こうに二本突き出ているのが見える大きな煙突の一本から煙が立ち昇り、山からの風に運ばれて、海のほうへたなびいていた。

信男の父が働いていた地元の土建会社の社長は、清掃事業の民間委託が決まると、入札でゴミ収集事業の指定業者になった。収集車の運転席から信男に手を上げたごま塩頭のヨー兄は、信男の父のかつての仕事仲間であり、父が元気なころは信男の家によく焼酎を飲みに来ていた。父も彼の家に焼酎を飲みに行った。土方仕事もきつい歳になってきた信男の父は、社長がゴミ収集事業に乗り出そうとするのを聞きつけて、信男といっしょに雇ってくれるよう頼みに行こうと考えたこともあった。その父の意向をヨー兄はよく知っていた。信男のことを気にかけているのは、アサコ姉だけではなかった。

「おれからノブを雇うてもらえんか社長に聞いてやろうと思うんじゃが」

父の顔を見に来たヨー兄が、出された焼酎を嘗めるようにすすりながら母に向かって言うのが聞こえた。

「じゃけど、社長は顔を潰されたって怒っておるんじゃないの？　信男が勝手に仕事に行かんようになったから」と母の声は不安そうだった。

「社長はそんなことは気にしてねえと思うど。ノブを使うてくれと、社長が頭を下げたわけじゃないからの。頼んだのは、おまえのオトウじゃから。それにノブがどんな目にあっておったかは、社長も知っておるじゃろう」

「じゃが……」

「火のことか？」

声は聞こえなかったが、沈黙の揺れから、母がうなずいたのがわかった。

「心配せんでもいい。ゴミを焼くのに、火に近づく必要はねえんじゃから。ゴミ取り車を運転すればいいんじゃ。ノブには免許もあるし、あれだけ運転がうまいんじゃから」

そのゴミ処理場のすぐ横に市営の火葬場があった。市町村合併に伴い、火葬場の仕事も民間に委託されることになった。そしてこの事業も、信男の父とヨー兄が勤めていた土建会社の社長が手中に収めたのだった。

「ゴミを焼くのも死んだ人間を焼くのも同じことじゃ」と社長が言ったと噂が流れ、人々を動揺させた。台風8号が来た翌年のはじめにヨシノ婆が亡くなった直後、ヨシノ婆が献体の手続きをしていたことを知らなかった集落の人たちは、道路から空に立ち昇る二筋の煙をそれは思いつめた様子で凝視していたが、結局、どちらの煙がヨシノ婆のものなのか、ヨシノ婆はどちらで焼かれたのか、誰にもわからなかった。

信男は豚小屋の廃屋の前にマイクロバスをとめると、水たまりをよけながらヨシノ婆の家へと向かった。

家のなかは暗かった。すでにアサコ姉が来て掃除をしていたようだった。いや、アサコ姉が来て掃除をしているはずがなかった。アサコ姉が来ていたら、こんなに暗いはずがなかった。もうアサコ姉が来る理由がなかった。部屋のなかは片付いていた。散らかす者がいないのだから当たり前だった。いつまで経っても明るくならなかった。

蚊の羽音が近づいたり遠ざかったりしていた。ぴしゃりと音が響いた。目をつぶって自分を叩くとき、叩かれる瞬間に目をつむるとき、信男を奪いはじめた暗闇がその一瞬だけ追い払われた。ぴしゃりぴしゃりと体を叩いた。蚊が刺してくれるから自分を覆う肌の存在が感じられるのであり、蚊がいなくなってしまえば、信男を包み込む皮膚は闇そのものに溶け消え、信男はますます行き場を、つまり自分自身を失ってしまうことだろう。

信男が仏壇に近づいたのは、線香をあげようとしたからだろうか。しかし、かりにヨシノ婆から線香をあげてくれと頼まれたとして、信男にそれができただろうか。信男はマッチやライターをうまく使えなかった。火を見るだけで、体がこわばってしまうのに、その火を手に持てるわけがない。火は暴力だからだろうか。心のこわばりをほぐすのが熱なら、肌を焼く痛みを残すのも、心に痛みとして残っているのも熱だった。信男のなかにあって、信男を信男たらしめているものは、火とは相性が合わないのだろうか。信男はぶるると身震いした。

ヘルメットで覆われていても、殴られたところは熱く、痛かったし、うずいた。殴られた箇所に火の種が植えつけられたかのようだった。それがたちまち根を張り、葉を広げ、信男の表面を焼き尽くす。信男に自分のありかを教えてくれていたはずの痛みが闇全体に広がることで、信男は信男ではなくなる。母は息子によく灸をすえた。その灸にまた火がついたのだろうか。熱の記憶が甦ったのではなく、灸は燃え尽きてなどおらず、ずっとその子の肌を焼き続けていたのかもしれない。灸は悪いことをする子どもに対するお仕置きだった。しかし信男は信男であるということ以外に灸をすえられるような悪いことをしたことはなかった。いや、ちがう、それは信男ではない。集落の誰かが父と母に言ったように、信男には何かが憑いていたから、灸をすえなければならなかったのだろうか。そして、いくら灸をすえても、なされるがまま、口を閉じて泣きも叫びもしない息子、起こってもおかしくないし当然起こるべき反応がない息子に、父と母はこの姿形の見えぬ憑き物の執拗さを思い知らされることになったのだろうか。だからこそ、この息子に憑いて離れぬ物以上に執拗に息子を、抵抗もしないのに、いや抵抗しないからこそ、してくれないからこそ、抵抗するところが見たいからこそ、抵抗してくれと激しく押さえつけ、小さな男の子のつるつるとした肌に見える、この小さな体に取り憑いた物を焼き殺してしまおうとしたのだ。じっと耐えているようには見えるのに、そう確かに見えるのに、どうしていやならいやだとはっきり言ってくれないのか。言えないのなら、泣いてくれれば、叫んでくれれば、首をそらせねじらせ、手足をばたばたさせて、あがいてくれればいいのに。それがもうどんなに遅かろうが、いま、いまこの瞬間、その子は体をこわばらせる。流れ出る汗のせいでねっとりと粘度を増し、あたたかくなりはじめた闇のなかで、もっともっと小さくなろうと体を丸め、手足を動かそうとする。まといついてくるものから、締めつけてくるものから逃れようと、首をねじり、肩を腰を腿を動かして、這うように進む。いや、進んでいない。まぶたで土を掻くように目をぎゅっぎゅっと何度もつむる。胴体に押しつけられた腕が自由にならないのなら、指を動かし、握られた泥を放し、もうすでに手のなかに押し寄せている泥をつかむ。その手と同じように口を開け、閉じる。喉の奥にまで流れ込んでくる泥のなかに酸素を探して、口を開け、閉じる。黒い泥に白い濁りが現われる。光が次第に溶け広がっていく。闇はさらに薄められ、引きちぎられ、白い波に呑まれていく。押しつぶされていた耳のなかを無数のざわめきが満たす。目のなかに白さが広がる。それが脈打つ。

豚小屋と同じように空っぽになった家の窓から、信男はかつて工事現場であったところを見上げていた。山肌はコンクリートで覆われ、その真ん中に真新しいトンネルが見えた。信男が警備員として脇に立っていた出入り口の扉はどこにもなかった。トンネルが真っ黒い口を開いているだけだった。かつて現場の前面を覆っていた高く白い防護壁が取り払われたおかげで、信男には倒れ伏した自分の姿がありありと見えていただろうし、何も言わない信男に降り注いだ声がトンネルのなかに反響しているのが聞こえたにちがいない。

信男が警備員として働いていたすべての日々のどの日であってもおかしくない、いや、それらすべての日であってもおかしくないあの日、運転手はトラックから信男を怒鳴りつけるだけでは腹の虫がおさまらなかったのだ。飛び降りてきて、信男の胸ぐらをつかんで叫んだ。

「馬鹿やろう、ちゃんと誘導しろって言ってんだろ」

信男よりはずっと若い運転手だった。昼になると、信男の父を知る地元の人たちは、「ノブ、こっち来い、ほら、こっち来い」と信男に手招きをして、いっしょに弁当を食べていたものだった。そこにトラックの運転手たちが混じることもあった。くっちゃくっちゃと豚食いをしているのは、みな同じだった。なのに、その若い運転手は箸を動かしながら、たまたま横に座った信男のほうにちらちらと目をやっていた。弁当がうまいから舌を鳴らすのではなく、弁当がまずくなると不愉快そうにちっと舌を打ち、仕方がないと諦めるのではなく、憤慨を押し殺せずにため息を漏らした。そのときに顔に浮かんでいた、隠そうともせず、あるいは隠しきれずに現われ出た、人間的といえば人間的であり、それだけに醜い嫌悪が、信男を怒鳴りつける運転手に取り憑き、運転手の顔から顔そのものを奪っていた。運転手はもはや運転手でもなく、信男の存在を否定し、消滅させようとする憎悪の塊だった。

　憎悪の塊は信男を倒そうとするかのように激しく押した。信男のかぶっていたヘルメットが壁にぶつかる。何度もぶつかる。まだ何か怒号が聞こえるが、もう信男にはわからない。信男自身は小石になっていた。身を守るためでもなく、世界に蔓延する敵意を否定するためでもなかった。

　信男はこれ以上動きようがないというくらい固まってしまっているのに、いやだからこそか、外の世界は強風に激しく煽られるカーテンのように揺れ動くことをやめなかった。運転手の罵声によって裂かれ、工事の音によって乱暴に引きちぎられ、鳥たちのさえずりが、ちち、ちちちと歌声を縫いつけ、波の刷毛で潮の音が塗りつけられるカーテンの向こうにヨシノ婆がいた。下に見える家の窓辺にヨシノ婆が立っていた。その顔は工事現場を向いていた。一部始終を見ていたはずだった。信男のどこに落ち度があっただろう。ヨシノ婆の目はいつも、たるんだまぶたに邪魔されながらも、中空にちり撒かれた見えない無数の点をいっぺんに視界のうちにおさめようとするように開かれていたではないか。そのヨシノ婆ならすべてを見ており、信男のために言ってくれるはずだった。騒動を聞きつけても、周囲の者たちは仕事が忙しいのか見て見ぬふりをしていた。いや、いつものことだと気にも留めなかったのかもしれない。そして運転手の大声にようやく駆けつけてきた警備員は、信男をかばってくれなかった。

「代わりならいくらでもいるだろうが。こんなの使うんじゃねえよ」

いっこうに怒りのおさまらぬ運転手の要求にしたがって、警備員は会社に携帯から電話をかけた。そして電話を切るか切らないかのうちに追い払うような仕草をして、吐き捨てるように言った。

「信男、もう今日はいい。帰れ」

しかし次の日もまたその次の日も会社から信男に電話がかかってくることはなかった。それでも信男は毎日出かけた。こんな狭い土地でも行く場所ならどこにでもあった。それに入り組んだ海岸線がもつれたり、ほどけたりすることによって、消えてしまった集落がないかどうか、そうした集落がしかるべきところにあるかどうか確認するためにマイクロバスを走らせなければならなかった。海岸線がもつれ、ほどけるのを阻止するためにも信男は走らなければならなかった。

信男がヨシノ婆のところにも行くようになったのはそのころのことだ。なぜヨシノ婆だったのだろうか。「ヨシノおばやんもかわいそうにの」と父は言った。ヨシノ婆が信男の家とは親戚になるということを信男は知っていたからだろうか。「ヨシノおばやんもかわいそうにの」と父は言った。新道の根幹部分をなすトンネルの工事現場にいちばん近いところにその家があったからだろうか。それとも、玄関に置かれたからっぽの飼育ケースのなかで、存在しなくなってからもなおいまだに透明な壁をかそこそとかぎ爪で掻いているカブトムシたちを、つまりあの腹のなかが透けて見える乳白色の幼虫を、幼い息子のためにまだ若い父が掘り出してくれた養豚場近くの場所にもっとも近いところにその家があったからだろうか。それとも、やはり信男は、かつてヨシノ婆がいたところから見上げた自分に見え、聞こえたのだから、窓辺から工事現場を見上げていたヨシノ婆がきっと目撃したはずのことを、彼女が見ずして見ていたことを、聞かずして聞いていたことを、言ってもらいたかったからだろうか。それとも「ヨシノおばやんもかわいそうにの」と父が言ったからだろうか。これまでにその「かわいそう」な「ヨシノおばやん」から、息子の憑き物を祓うための高額な祈禱料や息子の体に沈殿しているらしい毒を消す薬の代金、そして中古のマイクロバスの代金を、父と母が用立ててもらっていたことを信男が知っているはずはなかった。それでも信男は、試みられたあらゆる治療方法にもかかわらず憑き物も毒も自分から除去されることがなかったことを、父と母の代わりにヨシノ婆に詫びたかったのかもしれない。

＊

ぐつぐつたぎるような砂を踏みしめ、防波堤の脇にとめてあったマイクロバスまでいったん戻ると、信男は国道を横切って反対側にある自動販売機のところに行った。頭を太陽に曝したまま海をずっと見ていたこともあるだろう。喉がからからになっていた。雲はどこにもなかった。防波堤沿いにハマユウの花が咲きにおっていた。照りつける強い光は、その白い花弁ばかりか、それを見つめるまなざしをも際限なく細かく引き裂いていくようだった。マイクロバスの後部座席の窓に子どもが見えた。子どもは自動販売機でジュースを買おうとする信男を見ていた。いや、見ていたかどうかはわからなかった。男の子の頭はヘルメットですっぽり覆い隠されていたからだ。それに傾いたヘルメットは窓に押しつけられていた。子どもは眠っているのかもしれない。浜にはまだ風があるからいいが、車内はものすごい暑さになっていることだろう。信男は冷房をかけたままマイクロバスを置いて海岸に降りたのだったろうか。

ジュースをもう一本買おうと信男はポケットのなかを探った。しかしいくら探しても何も出てこなかった。左手には一本目のおつりの十円玉が五枚あるだけだった。ヨシノ婆の家の飯台の上には二百円しか置かれていなかった。それ以外には、箸立てと醬油差し、ラップをかけた皿と茶碗がいくつか置かれ、そこに蠅よけがかぶせられていた。アサコ姉が用意しておいたものだろうが、蠅よけの縁に紙切れが一枚はさんであった。信男はすでに一本しか買えなかったその缶のジュースを開けて飲みかけていた。信男だって喉が渇いていたのだ。そのまま飲みつづけようとした。しかし白いヘルメットが目のなかから消えなかった。信男は飲むのをやめた。すると目の前を、工事現場に向かう大型トラックが轟音とともに次々と通り過ぎた。そのあとにゴミ収集のパッカー車が続いた。運転手が信男に気がついて、クラクションを鳴らした。馬鹿にしたりからかったりするためではなかった。父の古くからの友人のヨー兄だった。信男もまた会釈を返すように缶を握っていないほうの手をひょいと上げた。手首のところで時計がまばゆい光を放った。手から缶がすべり落ちた。からんと大げさなほど大きな音が響いた。それから静けさが戻った。ゆらゆらと熱せられた空気が揺れる道路を信男は渡った。

*

「どこでどうしたのか言わないんじゃ」

信男の母が心配そうな声で父の身体介護に来ていたアサコ姉に言うのが聞こえた。「いくら尋ねても言うてくれない。気がついたら、あんな時計をしておるもんじゃから。いったいあんなもんをどこで拾うてきたんじゃろうか。誰かのを盗ったんじゃねえかと気になって……」

それを聞いて驚いたアサコ姉が言った。

「しかしノブくんは、人様のものを盗るような子じゃないで」

「そうじゃろうか……？」

「あんたが信じてやらんでどうするの」とアサコ姉が少し叱りつけるように言った。「それにあの時計は、わたしも気がついたけど、止まっておるじゃろ？　いつ見ても同じ時間、九時半じゃから、あれはどうも壊れておるんじゃねえじゃろうか？　そうノブくんに訊いたこともあるんじゃ」

「なんて答えた？　なんか言うた？」と母の声に期待が混じった。

「いいや」と申し訳なさそうにアサコ姉は答えた。

「やっぱりそうか……」と母の声がふたたび沈み込んだ。「壊れた時計なんかをどうして盗ってきたんじゃろうか？」

「あんたはじきに盗った、盗った、と言う。どうして盗ったって思うんで？　盗ったとは限らんじゃろ」とアサコ姉がきっぱりと言った。「拾ったのかもしれん。誰かにもらったのかもしれん。それに使っているうちに壊れただけかもしれん」

「本人は盗ったつもりじゃなくて、拾うてきたつもりなのかもしれんけど……でも、そのせいでクビにされたということはないじゃろうか……？」

「まさか……」とアサコ姉が呆れて言った。それから思い出したように言った。「自分から行かなくなったんじゃろ？　ノブくん自身がもう行きたくないんじゃろ？」

「そのへんのところも実はわたしにもよくわからんのよ。でも、あの日、夕方まで仕事のはずじゃったのに、昼前には帰されてきて……」

「何かよっぽどのことがあったんじゃろう。そうにちがいないわ」

「それはわからんけど……」と言って母はため息をついた。「現場にお父さんの知り合いが出ておるから訊いてみたら、またいつものように怒られておったって……いつものことなんじゃけど……」

　そこで母は肩を揺らしてさらに大きなため息をついた。

「そうね」というアサコ姉の声も悲しかった。「あんまりああいう仕事には向いてないのかもな……」

「そう言うても……」と母は言いよどんだ。「まさか……」

「まさか？」

「ヨシノ婆のところから持ってきたということはねえじゃろうか？」

「まさか」とアサコ姉が即座に否定した。「男物の時計よ。ヨシノさんのところにそんなものがあるわけねえわ。ヨシノさんのところにわたしもしょっちゅう行っておるけど、あんな時計見たことないわ。ヨシノさん自身が誰かに買うてやるつもりでもない限りは、あのうちにそんな腕時計はないじゃろう。年寄りにいらんものをとんでもない値段で売りつけにくる悪い商売人もおるけど。そういうのがこのあたりをうろうろしておったら、すぐに知れ渡るはずじゃから」

「それはそうじゃろうけど……」

母は釈然としないようだった。

＊

信男はヨシノ婆を探し続けた。豚小屋の廃墟の前でずっと待ち続けた。漂流物がどこかに消え、すっかり元通りになった浜で、男と子どもの二人連れがいっこう戻ってくる気配のない山の上の公園でずっと待ち続けた。足の悪いヨシノ婆がそんなに遠くに、マイクロバスを使っても探しきれないほど遠くに行けるはずがなかった。しかし信男にはどうしてもヨシノ婆を見つけることができなかった。

「まだ見つからないらしいわ」

アサコ姉が信男の母に言うのが聞こえた。アサコ姉が喋りたかったわけでも信男の母が引き留めたわけでもないのだろうが、ふたりは玄関口で話し込んでいた。アサコ姉はもらいものの小さなアジやカマスを発泡スチロールの箱に氷といっしょに入れて持ってきてくれたのだ。信男のうちではちょうど夕飯が終わったところだった。下駄箱の上に置かれた虫の飼育ケースからずっと以前に死んでしまったカブトムシたちがなおも諦めず外に出ようと透明の壁を掻く乾いた音がしていたが、話に夢中になった母とアサコ姉の耳には届いていないようだった。カブトムシたちは存在しなくなった自分自身を探して穴を掘っていた。

家でいちばん広い仏壇のある八畳の間に信男の父の布団は敷かれていた。午後、アサコ姉がもうひとりのヘルパーといっしょに入浴介護に来てくれたおかげで、父は気持ちよさそうだった。部屋のなかは石けんとシャンプーのにおいがした。しかし電気をつけていない部屋の上のほうの暗がりには、朝、母がお茶とご飯を仏壇に据えたときにあげた線香のにおいが漂い、そのときにリンを鳴らしたちーんという音が、とっくのとうに燃え尽きた線香の煙を揺らしているのが感じ取れたことだろう。信男は横たわる父の横にあぐらをかいて座っていた。布団から出た、まだ自由になる父の右手が動いていた。指が畳をかすかに掻いていた。

信男は畳の上に置いてあったテレビのリモコンを手に取った。仏壇の間の続きが、冬はこたつになる低い食卓のある六畳の間だった。仏壇に頭を向けて寝る信男の父は、体を起こせば、その六畳の間の隅に置いてあるテレビが見えた。信男はテレビの電源を入れた。天気予報だった。台風がまた接近していた。父は目をつむっていたが、テレビの音に耳を澄ませているようだった。

「まだ見つかってないって？」と母が不安を隠しきれない声で言った。「もう探しはじめてからだいぶなるじゃろ？」

父親の口が動いた。

「明後日までやって、それでも見つからなかったら、捜索は打ち切りらしいわ」とアサコ姉が母に答えた。

「ヨシノおばやんもかわいそうに」

口のきけるはずのない父がそう言ったのだ。しかしそう聞こえても全然かまわなかった。聞こえなければおかしかった。ヨシノ婆が死んだことで、信男のいる場所はますます単純きわまりないところになった。手を引いてくれるヨシノ婆を失って、その空隙にあらゆるものが吸い込まれ、赤紫色に流動しながら混じり合い、信男はますます自由になった。そのためにこそヨシノ婆は死んだのかもしれなかった。時間や場所や記憶のいちいちをこれまで以上に区別する必要はなかった。同じひとつの体だからといって、もうそれが信男である必要はなかった。信男は信男でなくてもよかった。あの男であってもよかった。男に連れられたあの子どもが信男だった。だとしたら、あの男もあの子どもも見つかるわけがなかった。ここにいるからだ。信男がここにいるからだ。麻痺で口を動かすこともままならない父が、元気なころのように信男に語りかけることができた。冗談を言い、笑った。そのことに何の不都合もなかった。ヨシノ婆がそこにいないということは、どこかにいるということであり、そのどこかがそこでもあそこでも、そしてここであってもまったくおかしくはなかった。しかしそのことに信男は気がついていないようだった。そして信男は、あの男とあの子であってもおかしくない自分がヨシノ婆の息子として死んだことにも気づかずに、ヨシノ婆を探しているのかもしれなかった。もしかしたら、本当にそうだったのか確かめるために信男はヨシノ婆を探して手を伸ばしたのだろうか。いや、わが子を思い出させる信男に手を伸ばさずにはいられなかったのはヨシノ婆のほうだったのではないか。だから、信男の父と母に乞われるがまま、いや、頼まれもしないのに、返してもらうつもりなどなく、金を貸し続けたのではないだろうか。集落の人たちはそう考えていた。マイクロバスを買った金の出所を知らないのは、信男だけだっただろう。ヨシノ婆が差し出した手に、幼い信男の手が伸ばされるのを見て、知恵の足りんくせにようわかっちょらあ、と集落の人たちがなかば感心するように笑っていたのを知らないのは信男だけだっただろう。だが、その何が悪いだろうか。

「ヨシノおばやんもかわいそうに」と父は言った。しかし、その同じ声が同時に「のふふぉ」と言った。

「信男がいっしょにおったんじゃ……？　信男が乗せたんじゃ……？」と母が怯えた声で言った。

「のふふぉ」と父は言った。「台風8号はもう行ったんか？」と父がどこか弾んだ声で言うのが信男には聞こえた。信男は首を振った。「まだか？　まだおるのか？」と父は言った。何か滑稽なことを思いついてそれを口にしたくてたまらない様子だった。信男はうなずいた。すると、立て付けのけっして悪くない窓ががたがたと激しく揺れ、窓のガラスを大粒の雨が叩いた。風の音があまりに大きくて、父の声が聞こえなかった。信男はさらに父の顔に顔を近づけた。

「のふふぉ」と父は言った。台風8号は、ほどけ絡みつく入り組んだ海岸の線を必死で振りほどこうとしていた。「信男」と父は言った。「8じゃ、8じゃ」と父はくり返した。父の瞳のなかに、台風8号が渦を巻いていた。「8の穴に、あの岬の上から伸びた鉄塔がひっかかったんじゃ」と父は言って、黙った。父の瞳のなかで台風8号がさらに激しく渦を巻いた。「いや、あのくらい激しい台風じゃ。鉄塔くらいじゃったら、すぐにひん曲げて、どっかに行ったはずじゃ。あれじゃ、鉄塔じゃねえで岬じゃ、8の穴にの、先の曲がった岬がひっかかってしもうて、身動きがとれんのじゃろう」と言って父は笑った。信男の顔に現われた歪みを見て、父はさらに笑った。父は自由になるほうの手で信男の手首をぎゅっと力強く握った。皮膚に跡が残りそうなほど強く父の指が肉に食い込んだ。「見ちょけ、じきに岬が引き剝がされて、この土地も跡形もなくどこかに吹き飛ばされるど」と言って、父は笑った。

「のふふぉ」と父は言った。台風8号は父の瞳からまだ出ることができなかった。海を握りしめる指のような岬を一本いっぽん引き剝がし、この土地を連れ去るどころか、自分自身に閉じ込められた信男も、父を家から動けなくする体の自由を奪われた部分をも運び去ることはできなかった。父の目は濡れていた。父がしきりに信男に話しかけていた。腹を見せてひっくり返った死にかけのカブトムシの足の動きのような、父の言葉が信男にははっきり聞き取れていた。

「信男がいっしょにおったんじゃ……？　信男が乗せたんじゃ……？」と母がくり返した。

「まさか……」と呆れたようにアサコ姉が言った。「ノブくんが乗せておったのはヨシノ婆だけじゃったじゃろ？　それにあんたは他人は絶対乗せたらいけんと言っておったんじゃろ？　ノブくんは言われたこと以外のことは、頼まれたことよりほかの余計なことはしないじゃろ？」

「それはそうじゃけど……でも、ヨシノさんのときも乗せたらいけんと言うたんじゃけど、どうしても聞こうとせんかった……」

アサコ姉は黙り込んだ。それから言いにくそうに声を落として言った。

「でも最近はあんまり車にも乗せてやらんのじゃろ……？」

「それでも勝手に乗っていくんじゃ……」

母がため息をつくのが聞こえた。

「だいじょうぶよ」とアサコ姉が言った。

「ほかのことはなんにもできんでも、車の運転だけはうまいもんじゃから……」と母の声は、蜘蛛の巣にひっかかった小さな羽虫のように、天井の片隅にこもった暗がりにつかまって動かなくなった。「せめてそれくらいさせてやらんと……」

実際、そうやって父と母は信男に大型自動車免許を取らせてくれたのだし、知己の自動車整備工場兼中古自動車販売店からマイクロバスを購入してくれたのだった。しかし父が倒れてからは、マイクロバスを運転させてもらえない日も多くなった。ガソリン代も馬鹿にならないと母は申し訳なさそうな口調で言った。しかし信男が母に、母であれ誰であれ言いあらがったことがあっただろうか。運転手の口汚い言葉に対して、自分の荒《あら》げた声にさらに興奮した運転手がふるう暴力に対して反抗したことがあっただろうか。

アサコ姉はもう帰ったようだった。いつのまにか母がとなりに座っていた。眠っているのか起きているのかよくわからないがじっと動きもしない父の枕元にひざまずいた母が、横に座らせた信男の手を握り、「こんなんじゃったら死んだほうが楽かもしれんの」とささやいていた。

その母の手がヨシノ婆の手に代わっていた。ヨシノ婆も母と同じくらいいとおしそうに信男の手をさすった。

「おまえはどうして死んでしもうたんか？」とヨシノ婆は尋ねた。いや答えは決まっているのだから返事を求めてなどいなかったのかもしれない。ヨシノ婆は信男をなじり、問い詰めた。「どうしてか？」という声が、その声が向けられた者には届かずとも信男には聞こえた。耳の悪いヨシノ婆にマイクロバスの来る音が聞こえるのだから、そのエンジンの音と同じくらい意味を運んでいない「どうしてか？」とヨシノ婆が問い尋ねる声が信男に聞こえても何もおかしくはなかった。

　待ちかねたヨシノ婆が足を引きずりながら家から豚小屋の跡地まで出てくることさえあった。

「よう戻ってきた。よう戻ってきた」と言いながら老婆は見上げた。しかし戻ってきたのは信男だけではなかったし、老婆自身だけでもなかった。老婆といっしょに豚小屋のまわりに漂っていた強いにおいが戻ってきた。

「おれをおいて死んでしもうてから。おまえはいったいいままでどこで死んでおったんか。どこに、どこに行くんか？　待て、待て。おれもいっしょに行く」

　そう言いながら、ヨシノ婆のほうが信男の手を引っぱった。信男の手首に巻かれた腕時計に気がついて動きが一瞬止まり、ヨシノ婆は目を細めて深々と嘆息した。

「おうおう」とヨシノ婆は本当にうれしそうだった。時計をつけたほうの信男の手の甲をいつくしむように撫でた。「よう似合っちょる」

　それから信男の手を借りて、自分からマイクロバスに乗り込んだ。

＊

そのまま通り過ぎるところだった。信男はふと思い出したようにマイクロバスをとめた。車道の真ん中だったが、後ろからやって来る車はなかった。こちらに向かってくる車もなかった。道路の両側にはハマユウがあの細長く白い花弁を垂らして咲いていた。空気は透明で硬く、いたるところで光を反射させて輝いていた。マイクロバスは数十メートルほどバックしたかと思えば、また前進し、さらにまたバックした。マイクロバスはさらにバックした。うしろからやって来た古いトラックが、反対車線に大きくはみ出しながら、マイクロバスを追い抜いていった。トラックの荷台には、シロアリに食われたかして朽ち果て黒ずんだ柱や梁がロープで固定されていた。

「ノブよおい、危ねえど！」と聞き慣れたヨー兄の声がした。「あまりもたもたせんで、早く帰れよ。おかあが心配するど！」

ヨー兄はもうゴミ収集車に乗っていなかった。前の年の暮れに発覚した汚職で市長が辞任し、あらためて市長選が行なわれた。ヨー兄が勤めていた、つまりかつて信男の父も勤めていた土建会社は指名業者から外されて、入札に参加することができなかった。社長は次回の入札に雪辱を期することにして、清掃事業のために雇っていた人員を、解体事業にまわすことにしたのだった。信男も雇ってもらえることになり、父と母は喜んだ。ヨー兄がいっしょだからと父も母も安堵していた。

この入り組んだ海岸線の襞の折れ目にすっと差し入れられ隠されたような集落には、壊すべき空き家はいくらでもあったのだが、前年の台風8号の被害で、そうした空き家のほとんどが半壊から全壊した。近隣の住人たちからの苦情の連絡を受けて、都市部に住んでいた家の所有者や相続権を持つ者たちが戻ってきて、業者に解体を依頼することになった。信男が職に就くことができたのは、台風8号のおかげだと言ってもよいのかもしれない。

対向車線に車が来ていないのをもう一度確認してから、信男はバックしながら大きく右にハンドルを切った。道路を横切り、そのまま尻から脇道に入っていった。しかしその脇道は、あの車がすれちがうことのできない土の道ではなかった。まだ黒々とした舗装道路の片側には路面より少し高くなった歩道すらついていた。いつまで後退しても養豚場の跡地は現われなかった。口を開けたトンネルがルームミラーのなかでマイクロバスを待ち構えていた。

その日の昼休み、ヨシノ婆の家の裏側のソテツの脇でヨー兄と信男は弁当を食べた。家の解体は終わり、前の日に一カ所に集めておいた柱や廃材をトラックの荷台に載せる作業は午前中で終わっていた。

「あれも早く解体したほうがいいのにのお」とヨー兄が弁当箱から顔を上げてぽつりと漏らした。

家がなくなったせいで、ソテツのところから豚小屋の廃屋が見えた。豚はいなかったが、くっちゃくっちゃと音が響いていた。ヨー兄も信男に負けないくらい音を立てて食べた。

ヨー兄は魔法瓶を傾けて、蓋のカップに冷たい麦茶を注ごうとした。

「あら？　もうねえのか」とヨー兄が言った。それから作業ズボンのポケットから財布を出すと、小銭を信男に渡した。

「ほら、ノブ、ジュースか茶でも買うてこい。あそこの道路の脇に販売機があったじゃろうが」

信男は小銭を受け取ると、立ち上がった。すると、あたかも信男自身が一本の木となり、そこに蟬が飛来してきたかのように、信男の耳のすぐ近くに蟬の声が鳴り響いた。途切れることのない蟬の声は、ぎざぎざの歯をもった鋸となり、信男を切り倒そうとしていた。

「ノブ、しゃんと歩かんか」とヨー兄の愉快そうな声が背後から聞こえた。

倒れそうで倒れない豚小屋の廃屋の前を通り過ぎ、よろめきながら、信男は支えを求めて手を伸ばしていた。

その手を、ヨシノ婆の手が握った。そのままヨシノ婆は信男を胸に引き寄せて抱きしめた。それからヨシノ婆は信男の手を引いて、暗い台所の土間から外に出た。まぶしくて信男は目が開けられず、ヨシノ婆が手を握ってくれていなかったら、きっと転んだことだろう。立ち葵の花がヨシノ婆と信男を張りつめた様子でじっと見つめていた。あたりに打ち立てられていく蟬の音の壁に、ソテツの根元を掘る信男の父とヨー兄の声が反響していた。そこにかすかに混じった、ヨシノ婆と信男からかすかに発せられるものを、立ち葵の花は感知しようとしているかのようだった。

信男は自販機に硬貨を入れようと手を伸ばした。上げられたその手に気がついて、向こうから走ってきたマイクロバスが減速した。信男がここにいるのに、いったい誰が運転しているのだろうか。信男の目の前で乗降口のドアが開いた。信男は両手を前に伸ばして、マイクロバスに乗り込んだ。まるで暗闇のなかを手探りするようにおぼつかない足取りだった。そのために誰が乗っているのか気がつかなかったのかもしれない。客席に自分が乗っていることにも気がつかなかったのかもしれない。

いつものように顔をまっすぐ前に向け、ハンドルを握ったまま、信男はルームミラーを覗いたが、そこは一面赤紫色に染め上げられていて、誰が乗っているのか確かめようがなかった。その色を振り払おうとするように、マイクロバスはバックと前進をくり返した。

ヨー兄のトラックに追い抜かれてからしばらくしてようやく、諦めたようにマイクロバスは再び出発した。

もう信男には、砲台跡へと行き着く登りの道も見つけることができなかった。緑の島々がいまも湾をしっかりとつなぎ止めているのか確かめることができなかった。だから、誰になんと思われ、なんと言われようとも、これからも信男のマイクロバスはたえまなく曲折する海岸をこれまで以上にしっかり縫わなければならない。それなのに道は、信男を海から遠ざけるのだった。途中、集落の老人たちを乗せたマイクロバスと何台もすれちがった。信男は目を細めなければならなかった。そうすると何かのはずみで窓の向こうに見える顔という顔がヨシノ婆になるときがあった。豚小屋の熱とにおいがわっと戻ってきた。車内に紛れ込んでいた蠅が狂ったように舞った。蠅は重力を無視してくねくねと曲線を描いているのに、道はどこまでもまっすぐだった。マイクロバスは国道388号線から外れてしまっていた。できたばかりの新しい道路を滑るように進むことしかできなかった。すっぱりと切り開かれた山肌に吹きつけられた灰白色のコンクリート面が光を浴びてまぶしかった。信男は助手席に置かれた作業用ヘルメットをちらりと見た。道路脇から生えだした草がすでに歩道をなかば覆い隠していた。しかしそこを歩く者などいなかった。

　信男はルームミラーにちらりと視線をやった。依然として赤紫色しか映っていなかった。それでも信男には、そこに、うしろに母と父が座っているのがわかった。母も父と同様にひどく老いて見えた。窓側に座っていた父は眠っていた。いや眠っていなかった。眠っていても眠っていなくても半開きになった口から唾液の筋が垂れ落ちていた。そこには形をなす前に壊れた言葉の小さな屑がいくつもくっついて、きらきらと輝いていた。いや、唾液ではない。もっと大きなものが、海が、あのなかば思うようにならないいびつな体のなかから垂れ落ちているのだ。母が膝の上に置いた両手のなかには父の手が握られていた。見えなくても感じられた。ハンドルを握る信男の手を撫でていた。

登っているのかくだっているのかわからない直線道路の先にトンネルが口を開いていた。蠅はどこかに消えていた。母の手の感触もまたどこかに消えた。

トンネルの先に、いま背にしている湾とまったく同じような湾が赤紫色に輝いていた。それは開き、そして閉じていた。マイクロバスはそこに向かって進んでいった。海が息を吸い込むときだか、吐き出すときだか、とにかくその息に紛れて信男の母と父は見えなくなった。登りの道さえ見つかれば、マイクロバスがうなりながら坂を登りはじめれば、すべては無理だとしてもせめて老婆の声だけは戻ってくるだろう。たとえ誰の耳に届かなくとも、そこに戻ってきているだろう。

初出

人魚の唄　「新潮」二〇〇三年十二月号

マイクロバス　「新潮」二〇〇八年四月号

マイクロバス

著者
小《お》野《の》正嗣《まさつぐ》

発行
2008年7月25日
2刷
2015年1月30日

発行者　佐藤隆信
発行所　株式会社新潮社

〒162-8711　東京都新宿区矢来町71
電話　編集部　03-3266-5411
　　　読者係　03-3266-5111
http://www.shinchosha.co.jp

印刷所
大日本印刷株式会社
製本所
加藤製本株式会社

乱丁・落丁本は、ご面倒ですが小社読者係宛お送りください。
送料小社負担にてお取替えいたします。
価格はカバーに表示してあります。

ISBN978-4-10-309071-7 C0093